Tucholsky Wagner Zola Scott Sydow Freud Schlegel
Turgenev Wallace Fonatne
Twain Walther von der Vogelweide Fouqué Friedrich II. von Preußen
Weber Freiligrath
Kant Ernst Frey
Fechner Fichte Weiße Rose von Fallersleben Richthofen Frommel
Hölderlin
Engels Fielding Eichendorff Tacitus Dumas
Fehrs Faber Flaubert
Maximilian I. von Habsburg Eliasberg Ebner Eschenbach
Feuerbach Fock Zweig
Ewald Eliot Vergil
Goethe Elisabeth von Österreich London
Mendelssohn Balzac Shakespeare Dostojewski Ganghofer
Lichtenberg Rathenau Doyle Gjellerup
Trackl Stevenson Tolstoi Hambruch
Mommsen Thoma Lenz Hanrieder Droste-Hülshoff
Dach Verne von Arnim Hägele Hauff Humboldt
Reuter Rousseau Hagen Hauptmann Gautier
Karrillon Garschin
Damaschke Defoe Hebbel Baudelaire
Descartes
Wolfram von Eschenbach Dickens Schopenhauer Hegel Kussmaul Herder
Bronner Darwin Melville Grimm Jerome Rilke George
Campe Horváth Aristoteles Bebel Proust
Bismarck Vigny Barlach Voltaire Federer Herodot
Gengenbach Heine
Storm Casanova Tersteegen Gilm Grillparzer Georgy
Chamberlain Lessing Langbein Gryphius
Brentano Lafontaine
Strachwitz Claudius Schiller Schilling Kralik Iffland Sokrates
Katharina II. von Rußland Bellamy Gibbon Tschechow
Gerstäcker Raabe
Löns Hesse Hoffmann Gogol Wilde Gleim Vulpius
Luther Heym Hofmannsthal Klee Hölty Morgenstern Goedicke
Roth Heyse Klopstock Puschkin Homer Kleist
Luxemburg La Roche Horaz Mörike Musil
Machiavelli Kierkegaard Kraft Kraus
Navarra Aurel Musset Lamprecht Kind Kirchhoff Hugo Moltke
Nestroy Marie de France Laotse Ipsen Liebknecht
Nietzsche Nansen Marx Lassalle Gorki Klett Leibniz Ringelnatz
von Ossietzky May vom Stein Lawrence Irving
Petalozzi Knigge
Platon Pückler Michelangelo Kafka
Sachs Poe Liebermann Kock
de Sade Praetorius Mistral Zetkin Korolenko

Der Verlag tredition aus Hamburg veröffentlicht in der Reihe **TREDITION CLASSICS** Werke aus mehr als zwei Jahrtausenden. Diese waren zu einem Großteil vergriffen oder nur noch antiquarisch erhältlich.

Symbolfigur für **TREDITION CLASSICS** ist Johannes Gutenberg (1400 — 1468), der Erfinder des Buchdrucks mit Metalllettern und der Druckerpresse.

Mit der Buchreihe **TREDITION CLASSICS** verfolgt tredition das Ziel, tausende Klassiker der Weltliteratur verschiedener Sprachen wieder als gedruckte Bücher aufzulegen – und das weltweit!

Die Buchreihe dient zur Bewahrung der Literatur und Förderung der Kultur. Sie trägt so dazu bei, dass viele tausend Werke nicht in Vergessenheit geraten.

Araspes und Panthea

Ein Geschichte in Dialogen nach dem Xenophon

Christoph Martin Wieland

Impressum

Autor: Christoph Martin Wieland
Umschlagkonzept: toepferschumann, Berlin

Verlag: tredition GmbH, Hamburg
ISBN: 978-3-8424-1415-0
Printed in Germany

Rechtlicher Hinweis:
Alle Werke sind nach unserem besten Wissen gemeinfrei und unterliegen damit nicht mehr dem Urheberrecht.

Ziel der TREDITION CLASSICS ist es, tausende deutsch- und fremdsprachige Klassiker wieder in Buchform verfügbar zu machen. Die Werke wurden eingescannt und digitalisiert. Dadurch können etwaige Fehler nicht komplett ausgeschlossen werden. Unsere Kooperationspartner und wir von tradition versuchen, die Werke bestmöglich zu bearbeiten. Sollten Sie trotzdem einen Fehler finden, bitten wir diesen zu entschuldigen. Die Rechtschreibung der Originalausgabe wurde unverändert übernommen. Daher können sich hinsichtlich der Schreibweise Widersprüche zu der heutigen Rechtschreibung ergeben.

Text der Originalausgabe

Christoph Martin Wieland

Araspes und Panthea

Ein Geschichte in Dialogen nach dem Xenophon

1758

Vorbericht

Die Geschichte des Araspes und der Panthea, die schönste Episode der *Xenophontischen Cyropädie*, sollte, wenn das zur Vollendung gekommen wäre, ebenfalls als Episode in dasselbe eingewebt werden.

Als der Dichter (aus Ursachen, die an einem andern Ort angegeben werden sollen) den Gedanken, jenes große Werk auszuführen, aufgab, war er noch so voll von Araspes und Panthea, daß er dem Drange, diesen eben so lehrreichen als unterhaltenden Beitrag zur Geschichte des menschlichen Herzens, in Form von Gesprächen, zu einem besondern Werke auszuarbeiten, nicht widerstehen konnte. Er verwendete dazu die schönsten Stunden seines Aufenthalts in Bern im Jahre 1758; und die Gemütsstimmung, in welcher ihn seine damaligen Verhältnisse unterhielten, war nicht nur der Ausführung dieses kleinen Werkes besonders günstig, sondern machte auch die Grundlage derjenigen aus, in welcher die Idee der Geschichte Agathons in seiner Seele lebendig zu werden anfing und sich nach und nach ausbildete, wiewohl (äußerer Umstände wegen) noch einige Jahre verflossen, ehe er an die wirkliche Ausarbeitung derselben Hand anzulegen vermögend war.

Personen dieser dramatischen Gespräche

Cyrus

Araspes

Arasambes

Panthea

Mandane

Scheristany, Zelis, Gulindy: *Sklavinnen der Panthea*

Erste Abteilung

1
Cyrus. Araspes

Cyrus. Ich bin deines freundschaftlichen Dienstes benötigt, Araspes. Kennst du die junge *Königin von Susiane*, die der Sieg über die Assyrer in unsere Gewalt gebracht hat? Eine wichtige Beute, wenn das Gerücht ihre Vorzüge nicht vergrößert.

Araspes. O Cyrus, von *Panthea* kann selbst das Gerücht nicht lügen. Sie sehen und bewundern, ist unzertrennlich. Aber es scheint, mein Prinz, die höhern Sorgen, die deine ganze Aufmerksamkeit beschäftigen, haben dir noch nicht erlaubt, dich mit eignen Augen hiervon zu überzeugen.

Cyrus. Ich habe sie nicht gesehen, aber ich liebe schöne Gemälde; und du wurdest von deinen Freunden allezeit für einen Meister in der Kunst zu malen gehalten.

Araspes. Wenn ich es auch wäre, so würde doch hier meine Kunst weit zurück bleiben. Urteile nach dem Schatten, wie schön das Urbild sein muß. Ich kam zuerst in ihr Gezelt, da das assyrische Lager von den Deinigen erobert wurde. Ein kägliches Getön von weinenden Stimmen, mit lautem Wehklagen vermischt, rief meine irrenden Schritte dahin. Welch eine rührende Szene fiel mir ins Auge, als ich hinein trat! Ich fand sie auf einem verbreiteten Teppich am Boden liegen; denn ihre hervor glänzende Gestalt und die sanfte Majestät ihrer Gebärden ließ mich keinen Augenblick zweifeln, welche unter der weiblichen Menge, die das Zelt erfüllte, die Gebieterin sei. Ihr schönes Haupt hing, gleich einer geknickten Rose, auf den Busen einer ältlichen Frau, die, nach der bekümmerten Zärtlichkeit ihrer Blicke und Worte zu urteilen, ihre Pflegemutter zu sein schien. Sanfte Tränen gleiteten über die blassen Wangen der jungen Königin herab; ihr Schmerz konnte nur weinen und seufzen, und mich deuchte, selbst in ihrem Seufzen sei Harmonie. Ihre Sklavinnen schwebten, einige sprachlos, andere laut jammernd, um sie her, in gedankenloser Traurigkeit vergeblich beschäftigt; einige rauften sich ungeduldig die Haare aus, andere zerritzten ihre Wangen und gossen Ströme von Klagen aus, indem sie öfters einen *Ab-*

radates nannten, dessen Schicksal sie am meisten zu beklagen schienen. Langsam eilte ich hinzu, und drängte mich sanft durch die furchtsam Schar. Du leidende Unschuld, sagte ich (denn nur die echte Hoheit des Gemüts kann so wie Du im Unglück ihre Würde erhalten), stille den Kummer, der diese Augen in Tränen verhüllt, welche gewohnt scheinen, nur Freude und Wonne um sich her zu lächeln. Traure nicht, du Ebenbild der himmlischen Milde! Die Götter haben dich dem Schutz eines großmütigen Fürsten anvertraut. Wir hören zwar, du seiest die Gemahlin eines schönen und tugendhaften Prinzen gewesen; aber derjenige, dem dich dein gütiges Schicksal zuerkannt hat, wird dir nichts unersetzt lassen, was du an jenem liebtest. Glaub es dem allgemeinen Gerüchte: in allen Morgenländern ist niemand, der an Schönheit des Leibes und Gemütes und an jeder friedsamen und kriegerischen Tugend mit Cyrus zu vergleichen wäre. So sagte ich; aber meine Rede, anstatt sie zu beruhigen, vermehrte die allgemeine Traurigkeit. Die königliche Schöne, die bisher den sprachlosen Kummer großmütig in ihrer Brust verschlossen hatte, raffte sich mit einer heftigen Bewegung vom Boden auf, zerriß ihren Schleier und brach in wehmütige Klagen aus, die aber durch das Geschrei ihrer Aufwärterinnen unhörbar wurden. Die Bewegung, die sie machte, indem sie ihren Schleier zerriß, entdeckte die schöne Bildung und blendende Weiße ihres Halses und ihrer Arme; selbst die zürnende Ungeduld, deren wilde Zuckungen sonst den Menschen entstellen, wurde in ihrem anmutigen Gesichte holdselig, und gab allen ihren Bewegungen einen lebhaften Reiz. Ich versichre dich, Cyrus, es deuchte mich damals, ich hätte in ganz Asien keine Frau gesehen, die an Schönheit und Lieblichkeit mit dieser Susianerin streiten könnte. Du selbst würdest sie bewundern, wenn du sie sehen solltest.

Cyrus. Behüte mich der Himmel, daß ich sie zu sehen verlange!

Araspes. Welch ein seltsamer Wunsch, mein Gebieter! Warum wolltest du dir das Vergnügen versagen, eine Sklavin zu sehen, welche zu besitzen das einmütige Urteil des Heers niemand würdig fand als dich? Dein Herz ist zu menschlich, zu freigebig mit Gefühl und feinem Geschmack am Schönen von der Natur begabt, als daß du einen Gegenstand deines Anblicks unwürdig achten solltest, der auch den Flug eines Unsterblichen zurück hielte, sich an seinem Anschauen zu ergetzen.

Cyrus. Wenn ich ja vorher einige Lust gehabt hätte sie zu sehen, so hätte deine Erzählung mich genötigt, diese Begierde zu unterdrücken.

Araspes. Du sagst mir ein Rätsel –

Cyrus. Dessen Auflösung leicht ist. Wenn ich jetzt meinem neugierigen Wunsch erlaubte, mich zu dieser Schönen zu locken, zu einer Zeit, da jede meiner Stunden eignen Geschäften zugezählt ist, was meinst du daß daraus entstehen würde? Könnte ich anders von ihr scheiden, als mit dem Verlangen sie wieder zu sehen? Und würde mich nicht ihre Schönheit und die Annehmlichkeit ihres Umgangs in kurzer Zeit so sehr fesseln, daß ich sie auch alsdann besuchen würde, wenn ich noch weniger Muße hätte; bis mir zuletzt das Anschauen der schönen Panthea gar keine Muße übrig ließe, mich demjenigen zu widmen, was der wohltätige Geist, der die Welten beherrschet, mir zur Pflicht gemacht hat?

Araspes. Verzeih es, mein Prinz, dem Gespielen deines jugendlichen Alters, daß ich über deine Furcht lachen muß. Hältst du denn die Liebe (denn diese scheinst du zu scheuen) für eine so mächtige Gottheit, daß sie vermögend wäre, eine freie Seele wider ihren Willen zu besiegen, sie mitten in ihrem mutigen Lauf von einer schönen Tat zur andern aufzuhalten, zu fesseln, und zahm und girrend, gleich den Tauben der Venus, vor ihren Wagen zu spannen? Nein, Cyrus! Sie liebt zwar jede ihr verwandte Vollkommenheit: aber wie sollte es möglich sein, daß der, dessen weit ausgebreitete Liebe ganze Völker, ja das ganze Geschlecht der Menschen umfaßt, einer einzelnen Schönheit die Macht über sich geben könnte, ihn seinen heiligsten Verbindungen, seinen süßesten Pflichten zu entreißen?

Cyrus. Du glaubest also, Araspes, die Liebe hange gänzlich von unserm *Willen* ab, und sei so gelehrig, jedem Winke der gebietenden Vernunft zu folgen, daß es nur an uns liege, sie einzuschränken oder zu unterdrücken, wie es uns gefällt?

Araspes. Und warum das nicht? wofern nicht unsere Gedanken und Neigungen, die doch im Schoß unserer Seele unter der Aufsicht der Vernunft geboren werden, weniger in unsrer Gewalt sind, als dieser uns fremde, von der Erde geborgte Leib; als unsere Augen oder Hände, die wir nach unserm Wohlgefallen öffnen oder schließen, ausstrecken oder zurück ziehen. Aber die Liebe, die sich am bloßen *Anschauen der Vollkommenheit* begnügt, kann nie von der Weisheit verdammt werden. Sie ergetzt sich an *Tugend* und innrer Güte, an *Schönheit*, dem Leibe der Tugend, und an *Anmut*, ihrer sichtbaren *Ausstrahlung*, ohne daß dieses Wohlgefallen eine andere Wirkung haben sollte, als den angebornen Trieb der Seele nach Vollkommenheit auf *sich selbst* zu richten, damit sie sich bestrebe, die Schönheit, die sie *außer sich* bewundert, auch *in sich* hervorzubringen.

Cyrus. Du redest von einer sehr geistigen Liebe, mein Freund; aber ich befürchte, es sei noch eine andre von nicht so edler Art, die zuweilen die Gestalt ihrer schönen Schwester entlehnt, um sich in unverwahrte Herzen einzustehlen. Und diese wird es wohl sein, über die sich so viele Liebende beklagten, daß sie von ihr zu den niedrigsten Taten und der unmännlichsten Sklaverei genötigt werden. Eine Leidenschaft, die den Unglücklichen, welche sie einmal bezaubert hat, so wenig Macht über sich selbst läßt, daß sie, des Gegenstands ihrer Liebe beraubt, wie blutlose Schatten umher schweben, und an weinenden Quellen oder in einöden Wüsten den Überrest von Leben, der noch in ihren Adern schleicht, in Seufzer aushauchen. Meinst du, Araspes, diese Elenden, denen (nach ihrem eignen Geständnis) das Leben und die Empfindlichkeit, die süße Quelle aller Wonne, Marter ist, meinst du, sie würden einen Augenblick säumen, sich in einen bessern Zustand zu versetzen, wenn es in ihrer Gewalt stände, zu lieben oder nicht zu lieben? Gibt es nicht solche, die ihre unedle Schwachheit verwünschen, ja mit zusammen gerafften Kräften ihre unrühmlichen Fesseln schon abgeschüttelt haben; aber durch einen einzigen Blick, eine einzige wahre oder falsche Träne überwältigt, sich sofort als willige Sklaven in die gewohnten Bande zurück schmiegen? Und was anders als die tyrannische Gewalt der Liebe zwingt den Greis, zu den Füßen eines buhlerischen Mädchens ein geheucheltes Lächeln zu erbetteln? Was anders zwingt den wilden Krieger, wollüstige Klagen zu girren, und den ruhmdürstenden Jüngling, die gelegene Zeit zu ehrenvollen Versuchen an ihrem Busen zu verschlummern?

Araspes. Setze noch hinzu, wenn du willst, was zwingt den Ruchlosen, das ehrwürdige Lager seines Freundes zu besteigen, oder die geheiligte Unschuld der Jungfrauen zu verletzen? Alles dies, und wenn noch etwas Schändlichers ist, ich gestehe es, Cyrus, wirkt die Liebe in feigen unmännlichen Seelen, die zu schwach sind ihren Begierden zu gebieten, zu tierisch eine andere als eine eigennützige Wollust zu schmecken. Aber warum soll der Name der Liebe, die diese ganze majestätische Schöpfung, ihr großes Werk, mit Leben und beseelenden Sympathien erhitzt, warum soll er gemißbraucht werden, die vorbei rauschende Raserei des Schwelgers zu entsündigen, der, von üppigen Hoffnungen berauscht, jede Pflicht abschüttelt, um ungezähmt in grenzenlose Torheit hinaus zu rennen? Oder soll *das* Liebe sein, wenn der müßige rosenbekränzte Weichling, in dessen enger Brust keine großmütige Gesinnung, kein edles Unternehmen Platz hat, sein unrühmliches Leben unter die wollustwinkende Buhlerin und den schwärmenden Bacchus verteilt? Sollte *der* lieben können, den diese göttliche alles beherrschende Ordnung des Weltbaues, den das Menschengeschlecht, dieser große Gegenstand der zärtlichsten Empfindungen und der nie still stehenden Bestrebung des Weisen, nicht zur Liebe reizen kann? Doch wir streiten nicht um Worte. – Laß es Liebe heißen, was diese Niederträchtigen leiden; aber erlaube ihnen nicht, die unschuldige Liebe anzuklagen, wenn ihre eigene Torheit sie zu Taten verdammt, welchen die Schande auf dem Fuße nachfolgt, oder die den gerechten Zorn der Gesetze entflammen. Zwar der Strafe zu entgehen, wünschen sie die Liebe zu ihrer Mitschuldigen zu machen, oder gar die ganze Last der Schande ihr allein aufzubürden. Sie muß dann eine Tyrannin der Herzen, eine Zauberin, ein feindseliger Dämon, eine unwiderstehliche Gottheit heißen. Aber umsonst! Die Gesetze würden keine Strafen auf die Verbrechen setzen, wenn es nicht in unsrer Macht stände zu sündigen oder recht zu handeln. Sie fordern unsern Gehorsam, weil sie voraussetzen, daß der Mensch ein frei geborenes Wesen sei, sein eigner Beherrscher, der durch keine äußere Macht gezwungen werden kann, etwas zu begehren oder zu verabscheuen, zu lieben oder zu hassen; und der also, gleich einem Fürsten, den seine Diener zu unbilligen Taten verleiten, über seine eigene Trägheit und das schändliche Vergessen seiner Rechte zürnen sollte, wenn er sich von diesen Begierden beherrschen läßt, welche die Natur zu Sklaven seiner Vernunft, und zu Triebfedern für erhabne und gemeinnützige Absichten bestimmt hat.

Cyrus. Es scheint also, Araspes halte es für unmöglich, daß die Liebe einer Schönen so viel Gewalt über eine edle Seele gewinne, sie wider ihren Willen, mit einer zugleich verhaßten und angenehmen Gewalttätigkeit, zu Begierden, ja sogar zu Handlungen anzutreiben, welche, so bald die eingewiegte Vernunft aus dem bezaubernden Traum erwacht, von ihr selbst gemißbilligt und verachtet werden! Du hältst es für unmöglich, daß die Liebe zu einer so vollkommnen Frau, wie du mir *Panthea* beschreibst, selbst in einer von Tugend beseelten Brust zu einer so heftigen Leidenschaft aufwalle, daß sie die ganze Seele in weiche Empfindungen und schmachtende Sehnsucht auflösen, jede Begierde nach Ruhm, jede großmütige Entschließung auslöschen, alle Nerven der Seele abspannen, und die vergeblich entgegen kämpfende Vernunft durch ein süßes Vergessen verhaßter Pflichten berauschen könnte? – O mein Freund, du scheinst weder die Schwäche des menschlichen Herzens, noch die Gewalt dieser allzu reizenden Leidenschaft zu kennen, welche, wie sanft und schmeichelnd sie auch anfangs ist, doch den ungezähmten Sturmwind und den schmetternden Blitz an wilder Heftigkeit übertrifft.

Araspes. Nein, Cyrus, diese Liebe kenne ich nicht; und doch liebte ich von dem ersten Augenblick an, da ich den Unterschied des Guten und Bösen fühlte. Alles Schöne, alles Erhabne, alles was in seiner Art vollkommen ist, oder dem Urbild der Vollkommenheit, das in meiner Seele schwebt, sich nähert, ziehet meine Liebe an. Die ganze Schöpfung nährt die heilige Flamme. Von Schönheit zu Schönheit in ewig steigenden Graden fortgezogen, verliere ich mich oft in sprachloser Entzückung, die alle Gedanken verschlingt, und die Seele in süßes Erstaunen und wundervolle Ahnungen versenkt, die ich nicht zu enthüllen vermag. Aber wie könnte ich bei diesen Empfindungen still stehen, die sich auch der unbeträchtlichsten Geschöpfe bemeistern? Der bunte Schmetterling, der von Blume zu Blume flattert, ihre geistigen Düfte einzusaugen, selbst der kriechende Wurm schwimmt in Wollust, in süßer Betäubung, von den grenzenlosen Schönheiten der göttlichen Natur überströmt. Aber dem Menschen, dessen aufgerichtetes Antlitz den Himmel anschauet, dessen unermüdeter Gedanke, vom sinnlichen Schönen unaufgehalten, ins Innere der Wesen eindringt, und an Wahrheit, Ordnung und Vollkommenheit sich ergötzt, einem solchen Geschöpfe wäre es Frevel, nur zu *empfinden*. Ihm kommt es zu, die Regeln zu erforschen, aus welchen diese Schönheiten fließen, die

Verhältnisse zu erspähen, wodurch diese endlose Reihe von Wesen und Geschlechtern der Wesen in einen harmonischen Plan verwebt ist, und alle seine Kräfte zu dem erhabnen Ziel anzustrengen, daß in der moralischen Welt eine eben so schöne Eintracht und Zusammenstimmung erhalten werde, wie diese ist, die in den harmonischen Bewegungen des Himmels, in der unveränderlichen Folge der Jahreszeiten, in der Anordnung und Ausschmückung der ganzen Körperwelt, den anschauenden Geist in Bewundrung setzt. Kann ich mich als einen Teil dieses wundervollen Ganzen ansehen, ohne an der Vollkommenheit desselben Anteil zu nehmen, und mich zu bestreben, daß es durch mich vielmehr einen Zuwachs an Schönheit erhalte, als verunstaltet werde? Kann ich mich als ein Glied des menschlichen Geschlechts betrachten, ohne einen mächtigen Zug von sympathetischer Liebe zu meinen Brüdern zu empfinden, ihren Wohlstand zu meinem eignen zu machen, und den süßen Pflichten entgegen zu eilen, welche mir die gemeinschaftliche Natur, gemeinschaftliche Bedürfnisse, gemeinschaftliche Vorteile und Erwartungen auflegen? So gesinnt, o Cyrus, übte ich mich bisher unter deinen Augen in edeln Versuchen. Sollte in einem Herzen, das einer so erhabnen Liebe voll ist, diese fanatische Leidenschaft Raum finden, die alle ihre demütigen Wünsche an einen einzigen Gegenstand heftet? Sollte die weibliche Schönheit mächtig genug sein, mich zu entwaffnen, und der süßen Freiheit zu berauben, die mir bisher erlaubt hat, jeder Aufforderung der Pflicht, jedem Winke der Tugend zu folgen? Ich kann mir dieses Zutrauen desto weniger versagen, da ich die Gefahr wirklich bestanden habe. Ich *habe* sie gesehen, vielleicht von der reizendsten Seite, womit die Schönheit unser Herz überraschen kann; ich bewundere sie; und doch hab ich seitdem immer entweder vor deinem Gezelt gewacht, oder deine Befehle vollzogen, oder andere mir zukommende Verrichtungen getan, eben so frei und munter, als eh ich diese zauberische Schöne gesehen habe.

Cyrus. Vielleicht hast du sie noch nicht lange und nahe genug gesehen, um deiner Stärke so gewiß zu sein. Die Schönheit wirft zuerst nur einen flüchtigen Schimmer auf das Herz; aber je näher du ihr kommen wirst, desto mehr wird sie erhitzen, bis du, von der angenehmen Wärme belebt, die Flügel begierig entfaltest, und, in immer nähernden Kreisen um die schöne Flamme flatternd, zuletzt mit versengten Schwingen zu Boden taumelst.

Araspes. Sei unbesorgt, mein königlicher Freund! Und wenn ich sie auch unaufhörlich anschauen müßte, so soll mich doch ihre Schönheit nie bereden, etwas zu tun, was dem Freunde der Tugend und des Cyrus nicht geziemt.

Cyrus. Deine Gesinnungen, Araspes, und selbst diese edle Kühnheit, die dir das Bewußtsein eines großmütigen Herzens eingibt, gefallen mir. Wem könnte ich das Amt, die schöne Panthea zu bewachen, sicherer anvertrauen als dir? Ich befehle dir also, immer bei ihr zu bleiben, und dafür zu sorgen, daß ihr nichts mangle, was ihrem Rang und ihren eigentümlichen Vorzügen gebührt. Du kannst sie versichern, daß ich mich des Rechts nicht bedienen werde, das mir die Gewalt über sie geben könnte, und daß ich vielleicht Mittel finde, sie wieder mit ihrem Gemahle zu vereinigen.

2
Mandane. Panthea

Mandane. Seufzer und Tränen, o Königin, vermehren wohl deinen Kummer und den meinigen; aber sie können weder die Freiheit noch deinen Gemahl zurück weinen. Dein Unglück ist nicht so groß, daß es dir nicht noch die Hoffnung übrig ließe, wieder glücklich zu werden. Gönne deinem Herzen diese Hoffnung, die nicht ungewisser ist als deine zärtlichen Besorgnisse. *Abradates* lebt, und die Vorsicht, die Beschützerin der Tugendhaften, wird ihn wieder in deine treuen Arme bringen, und in diesen entzückungsvollen Augenblicken wird das Andenken der vergangenen Schmerzen wie ein Traum vor dir hinschwinden.

Panthea. O Mandane, ich erkenne deine mütterliche Sorgfalt. Ich fühle die heilende Kraft deiner Tröstungen. Aber ach! selbst diese reizenden Vorstellungen dienen nur die schwarze Farbe meines Schicksals zu erhöhen. Wie kann ich mich bereden, meine Besorgnisse für unzeitig zu halten? Ist nicht das assyrische Heer geschlagen? Hat nicht das Schwert die Blüte von Babylon gemäht? War nicht Abradates derselben Gefahr ausgesetzt? Oder meinst du, sein unerschrockenes Herz habe ihm beim Anblick der heraus fordernden Gefahr erlaubt, gleich diesen feigen, weichlichen Assyrern die

Flucht zu nehmen? Es ist wahr, das Gerücht hätte uns den Tod schon gebracht, wenn er auf dem Schlachtfelde gefallen wäre. Aber vielleicht hat ihn, als er der unaufhaltbaren Macht weichen mußte, der nacheilende Feind eingeholt. Vielleicht hat er seinen allzu heroischen Mut, ungeduldig sich in Fesseln zu schmiegen, durch tausend edle Wunden ausgehaucht. Vielleicht liegt er in diesem Augenblicke, der blühende Held, dem meine liebevollen Augen so oft mit stillem Triumph nachsahen, wenn er in seiner goldenen Rüstung einher zog, vom tausendfachen Echo des lauten Beifalls begleitet – ach! der tapfre, anmutsvolle Jüngling! gebildet Liebe einzuflößen, der zärtliche Ehemann, der Vater seines Volks, seelos, unkennbar, von Blut und Wunden entstellt, liegt er vielleicht im Staube! Weder seine Jugend, noch seine Schönheit, noch sein Mut, noch die ohnmächtige Liebe seiner Panthea haben ihn retten können. Vielleicht rief noch sein letzter Laut ›Panthea‹. Aber ach! die Unglückselige hörte ihn nicht, war nicht da, seine Wunden zu waschen, seinen letzten Hauch aufzufassen, und auf seinem Grabe, ein wertes Totenopfer! zu sterben. – Wo irrest du, geliebter Schatten? Zeige mir, wo die teuern Überbleibsel meines Abradates liegen, daß ich sie der mütterlichen Erde anvertraue, und dir folge! – Wie schwärmt meine fiebrische Phantasie! – Verachte meine Schwachheit nicht, Mandane! Ermüde nicht, mich gegen mich selbst zu beschützen. Vielleicht sind, wie du sagst, meine Besorgnisse eitel! – Schwacher Schimmer von Hoffnung! du bist Wonne für meine leidende Brust. Vielleicht fliegt er schon mit einer racheschnaubenden Schar auf die unbesorgten Feinde zurück, seine Panthea zu befreien; ungeduldige Liebe blitzt aus seinen Augen, und beseelt seine Arme mit unüberwindlicher Stärke. – Oder irgend ein Friedensengel hat seinem großmütigen Herzen den Gedanken eingehaucht, lieber ein Freund des persischen Fürsten zu werden, als einen ungleichen Streit mit den Göttern und ihrem Liebling zugleich fortzusetzen. Allzu schmeichelnde Hoffnungen! wie leicht betrügt ihr das willige Herz! Aber, ach! wie flüchtig ist eure Linderung! Kann ich aufhören zu fürchten, so lange mir noch das Ärgste droht?

Mandane. Ich fühle dein ganzes Leiden, Panthea! Aber laß es nicht gesagt werden, dein großmütiges Herz sei kleiner als sein Unglück gewesen! Wie viel goldne selige Tage voll unvermischter Wonne, Tage der fröhlichen Jugend und der Liebe, hast du genossen, ehe dieser düstre Tag kam, der nur deine Geduld prüfet, nicht deine Glückseligkeit tötet! Wollten wir, überströmt von Erfahrungen einer wohltätigen Vorsehung, frage dein edles Herz, – wollten wir sogleich zagen, so bald das Glück seine Stirne runzelt, als ob der ewige Geist, der die Welt beseelt, nur alsdann gütig wäre, wenn wir lächeln? Wird es ihm nicht angenehm sein, wenn wir, seiner unbegrenzten Macht und unbegrenzten Güte sicher, desto mehr Mut beweisen, je härter wir geprüft werden? desto mehr hoffen, je zweifelhafter unser Schicksal scheint? Entweder muß der trostvolle Strahl, den der göttliche Urquell des Lichts in unsre Seele wirft, verlöschen, wir müssen vergessen, daß Gott ist, oder wir müssen nie aufhören zu hoffen, und alle unsere Besorgnisse sind Träume.

Panthea. Meine Vernunft erkennt die Stimme der Wahrheit, die von deinen Lippen widerhallt; mein Herz fühlt sie: aber ach! wie stark empört sich die leidende Natur gegen sie! Wer kann auf der Folter gefühllos sein? Wer kann sich die größten Güter des Lebens, Freiheit und eheliche Glückseligkeit, und das königliche Vermögen Gutes zu tun, ohne Schmerz entreißen lassen? Kann ich den Schreckbildern den Zugang versperren, die mit jedem Gedanken an Abradates sich haufenweise in meine Seele drängen? O Mandane, kein Schmerz, der die Quellen des Lebens auftrocknet, ist mit diesem zu vergleichen, wenn die zweifelhafte Seele, in einer furchtbaren Dämmerung von ängstlichen Sorgen und täuschenden Hoffnungen, zwischen Tod und Leben hin und her geschleudert wird. Ein entschiedenes Schicksal, selbst das entsetzlichste, ist viel erträglicher als diese Ungewißheit. Wir raffen dann alle unsere Stärke zusammen, und türmen sie der Last des Elends entgegen; und es bleibt uns zum wenigsten dieser Trost, daß wir nichts Schlimmers fürchten können. Aber diese langsam tötende Ungewißheit –

Mandane. Eben diese ist es, die deine herum geworfene Seele an die einzige Hoffnung antreibt, woran die bedrängte Unschuld sich halten kann. Fasse Mut, meine Panthea! Vielleicht arbeitet jetzt eine unsichtbare Hand an der freudigsten Entwicklung deines Schicksals. – Aber siehe! wer nähert sich dort? – Mich dünkt, es ist der medische Jüngling, der zuerst in unser Zelt kam, da das Lager erobert wurde. Sein Antlitz scheint eine freudige Nachricht vor sich her zu strahlen.

3
Araspes. Panthea. Mandane

Araspes. Königin von Susiane, als ich dir jüngst die Tugenden des erhabnen Prinzen anpries, dessen Gefangne du wurdest, wußte ich selbst noch nicht, zu was für einer Größe sich seine Heldenseele empor schwingen kann. Obgleich deine Schönheit auch Götter zu einem menschlichen Wunsch reizen möchte, so entsagt er doch dem Rechte, welches ihm der Sieg über dich gibt, und will daß du als *seine Schwester* gehalten werdest, bis ein günstigeres Geschick sich auftut, und ihm erlaubt dich wieder mit deinem Abradates zu vereinigen.

Panthea. So lebt denn Abradates noch? – Ja, er lebt; ich lese die frohe Bekräftigung in deinen Augen! – Entschuldigte die zärtliche Bekümmernis eines Weibes, das die bessere Hälfte seiner Seele vermisset. Wenn Abradates lebt, so hat mein Schicksal nichts Unerträgliches, da der großmütige Cyrus seine Gefangne in seinen Schutz zu nehmen würdigt.

Araspes. Abradates lebt, schöne Königin, und Cyrus hat mich der Ehre gewürdigt, in seiner Abwesenheit dein Beschützer zu sein, und dafür zu sorgen, daß dir so begegnet werde, wie dein eigner unerborgter Wert mit Recht forderte, wenn gleich eine unbemerkte Strohhütte seinen aufgehenden Glanz der Welt und dem Ruhm verhelt hätte. Dieses reich geschmückte königliche Zelt bleibt dein, deine Sklavinnen und Aufwärter haben keinen Gebieter als dich, und ich selbst habe Befehl, deine leisesten Winke zu vollziehen. So sehr ehret Cyrus den Ruf deiner Tugend! – Und du, *(zu Mandanen)* deren Blicke mütterliche Zärtlichkeit auf deine Königin glänzen, ohne Zweifel die Pflegemutter ihrer kindlichen Jahre, dein eigenes Herz wird dir gebieten, meine Bemühung zu unterstützen, ihre Sorgen zu zerstreuen, und ihr Auge auf die schönern Aussichten zu lenken, die ihr entgegen sehen.

Panthea. Schon erfahre ich die Wahrheit deiner glückweissagenden Tröstungen, Mandane! Was konnte der Himmel in diesen Umständen, die ein unvermeidliches Verhängnis in mein Leben eingeflochten hat, mehr für mich tun, als mich die Gefangne eines so großmütigen Mannes werden zu lassen, der mich seine Gewalt nur durch Beweise seiner Huld empfinden läßt? Ob es gleich meiner unabhängigen Seele schmerzlich ist einen Gebieter zu haben, so ist doch einige Süßigkeit in diesem Schmerz; denn es ist angenehm, dem Menschenfreunde verpflichtet zu sein. Und, was mir noch angenehmer ist, vielleicht ist es, da Abradates noch lebt, künftig in meiner Gewalt, deinem Fürsten zu zeigen, daß Panthea kein unerkenntliches Herz hat.

Araspes. Das Glück, dir öfters nähern zu dürfen, wird es mir nicht an Gelegenheit mangeln lassen, dich mit dem Charakter des besten der Fürsten bekannt zu machen, und deine Erkenntlichkeit zur Bewunderung zu erhöhen. – Aber jetzt dünkt mich, ich sehe in diesem holdseligen Gesichte, dem getreuen Spiegel deiner Empfindungen, daß du mehr Nachrichten von dem Könige von Susiane zu hören verlangest. Ich sah ihn auf dem blutigen Felde, und mein jugendlicher Mut wünschte voll Ungeduld diesem Helden zu begegnen, den seine von unerschrocknem Geist erhöhte Schönheit aus Myriaden hervor glänzen machte. Erst jetzt danke ich dem Geschicke, welches mir den unbesonnenen Wunsch versagte. Das wilde Getümmel trennte uns; nur von fern sah ihn mein ungeduldiges Auge ruhmvolle Taten tun, und wie eine Donnerwolke auf die Perser daher stürmen. Hätte das assyrische Heer nur sieben gehabt, die mit ihm zu vergleichen wären, so würde der zweifelhafte Sieg gewankt haben. Aber die Susianer, obgleich von dem Beispiel ihres tapfern Anführers entzündet, waren zu schwach, die Gewalt der Perser allein aufzuhalten. Doch zogen sie sich rühmlich zurück, nicht als Flüchtlinge, sondern wie Männer, die sich auf eine bessere Gelegenheit sparen. Sie nahmen ihren Weg nach Babylon, von medischen Reitern verfolgt, die noch nicht wieder zurück gekommen sind.

Panthea. Noch sind nicht alle meine Besorgnisse gehoben. Aber der heitre Strahl, den *Mithras* heut auf mich fallen läßt, hat meine Seele zur Hoffnung aufgeklärt. – Wie süß tönte mir sein Lob von deinem Munde! Wisse, edler Jüngling, selbst die Nachricht, daß er umgekommen sei, würde in dem Augenblick, da sie mich tötete, meinen Schmerz mit Wonne versüßen, wenn ich hörte daß er wie ein Held gefallen sei. Ich würde dann gehen, den geliebten Leichnam aufzusuchen, bei ihm niedersinken, und mit dem lauen Dampf seiner rühmlichen Wunden meine nacheilende Seele vermischen. Aber Dank sei dem Himmel! noch lebt er, und lebt meiner Liebe würdig, ob er gleich seine Panthea in fremder Gewalt zurück lassen mußte. – Wie freue ich mich, daß das Glück eben den zu meinem Aufseher bestellte, der ihn gesehen hat, der ein Zeuge seiner ruhmwürdigen Taten war, und durch eignen Wert sein Lob beglaubigt! Wie angenehm werden uns die schnellen Stunden entschlüpfen, wenn wir uns wechselsweise mit Hören und Erzählen beschäftigen, du von deinem Prinzen, ich von einem Manne, der würdiger ist ein Freund als ein Gegner des Cyrus zu sein!

Araspes. Was für eine schmeichelnde Hoffnung gibst du mir, schöne Königin! Wie verlangt mich nach den goldnen Stunden! Eine Seele, die von Ruhmbegierde glühet, kann nichts Lieblichers hören als die Taten der Helden, die der Himmel den übrigen zu Vorbildern herab schickt. Obgleich meine Zunge im Lobe des Cyrus nie ermüdet, so werde ich doch lauter Gehör sein, wenn du von Abradates reden wirst. – Aber ich scheue mich, die Freiheit, um dich zu sein, unbescheiden zu gebrauchen. Dein Befehl wird mich allezeit in der Nähe finden, wofern du meine Dienste anzunehmen würdigst.

4
Araspes *allein*

Was für eine Göttin ist vom Himmel zu uns herab gestiegen? Oder kann *die* eine Tochter der Erde sein, die an Gestalt und Seele alle sterblichen Schönen so sehr übertrifft? Welch eine angeborne Majestät glänzt auf ihrer Stirne, mit Güte und diesem bezaubernden Lächeln gemildert, das der Kummer selbst nicht aus ihrem reizenden Gesichte vertreiben kann! Noch schwebt ihr Bild vor meinen Augen, noch säuselt ihre Stimme um mein Ohr; kaum etliche Augenblicke von ihr entfernt, verlangt mich schon wieder sie zu sehen. Wie lang scheinen mir diese Augenblicke! – Eine süße Unruhe –

Still, mein Herz! Schweiget einen Augenblick, ihr süßen Empfindungen, die sich aus der Schönheit in die schauende Seele ergießen! – Mir ist, als ob mir eine leise Stimme den Namen des Cyrus zulisple. – Wie, wenn er die Liebe besser kennte als ich? – Warum vermisse ich den Anblick der schönen Panthea? Warum ist meine erhitzte Phantasie so geschäftig mir ihre kleinsten Reize vorzumalen? Warum scheinen mir die Augenblicke langsamer als ehmals? Warum? – Wie wenn dieses der Anfang –

Götter! welch ein niedriger Gedanke! Ich verachte dieses kleinmütige Mißtrauen in mich selbst. Fordert denn die Weisheit Unempfindlichkeit? Oder soll ich sogleich an meiner Tugend zweifeln, wenn mein Herz der Vollkommenheit den Tribut bezahlt, der ihr gehört? Es ist in der Natur unsrer Seele, sich nach dem was das beste ist zu sehnen. – Gesegnet seist du, mütterliche Natur, die du mein Herz zu diesem zarten Gefühl, dem höchsten Vorzug der Menschheit vor der tierischen Welt, gebildet hast! Soll ich *den* glücklich nennen, der diesen hellblauen himmlischen Bogen ohne Lächeln anstarret? den die Morgenröte, wenn sie die Hügel und Täler mit Rosen bestreut, den die in Gold zerfließende Abendsonne nicht entzückt? dessen Blick eine einfarbige Feldblume nicht anzulocken vermag, oder den der Anblick eines unschuldsvollen Kindes ohne Zärtlichkeit läßt? Aber das schönste aller sichtbaren Geschöpfe ist das liebreizende Weib: was das Aug ergetzen und das Herz gewinnen kann, was die Natur Holdes und Liebliches hat, ist in ihr, wie in einem Auszug, vereinbart! Schöner ist ihr Auge als der entwölkte Himmel, schöner die keusche Röte ihrer Wangen als der junge Frühling, wenn er, vom Morgen angestrahlt, unter Rosen erwacht. Wo ist der Weise, wo ist der Held, der nicht die erweichende Gewalt der Schönheit fühle? Aber wenn ein himmlischer Geist die schöne Sphäre bewegt; wenn die glänzende Heiterkeit ihres Angesichts den innern Frieden, die Unschuld und Milde ihres Herzens verkündigt; wenn Weisheit von den Rosenlippen fließt, und Großmut und Dankbarkeit und Ehre und Zärtlichkeit den keuschen Busen beleben: o dann ist es billig, daß ein solcher Wert unsre ganze Seele erfülle! –

Soll ich *dich* denn nicht bewundern, Panthea? Soll ich nicht an dir lieben, was Götter ohne Schwachheit lieben müssen? Die entwölkte Luft ist nicht reiner als meine Liebe. Kein unedler Wunsch, keine Begierde, die sich vor der Tugend scheuen muß, beunruhigt meine Seele; gleich der befriedigten See, die im Sonnenglanz von säuselnden Zephyrn gestreichelt wird, wallt sie nur in sanften Empfindungen, die schnell zu Gedanken empor wachsen, und meiner Tugend neue Schwingen geben. Sollte nicht eine edle Eifersucht in mir entbrennen, da ich unter dieser zarten Schönheit eine Großmut, eine Stärke der Seele sehe, die mit der Schwäche ihres weicher gebildeten Leibes ringt? Nein, schöne Panthea, es soll nicht von Araspes gesagt werden, daß sein männliches Herz von einer kleinen Seele angefeuert werde, die zu schwach sei, ihren Leib zu beherrschen!

Ich begreife nicht, warum Cyrus mich erschrecken wollte. – Er liebt den freundschaftlichen Scherz. Aber warum trieb er ihn so weit, bis zu dem ungütigen Zweifel, ob ich auch Stärke genug habe, dem Anblick einer Schönen unversengt zu entrinnen? Wahrlich, auf dem Fechtplatze, wo unsre Jugend zu nerviger Stärke geübt wurde, oder im harten Lager, jeder Beleidigung der Jahrszeit und der Witterung ausgesetzt, und im Angesicht der blutigen Schlacht, um und um von Gefahren umgeben, in deren jeder der Tod dräuete, hat er mich nicht so feigherzig kennen gelernt, daß mich ein Weib zu Ihren Füßen sollte legen können! – Aber vielleicht ist es schwerer, diese süßen reizenden Gefahren zu besiegen. – Noch habe ich nichts davon empfunden! Die Liebesgötter, die auf ihren Augenbrauen lauren oder um ihren Nacken flattern, müssen ihre Pfeile nicht scharf genug gespitzt haben, daß sie so unschädlich an meinem Herzen abgleiten. – Oder soll vielleicht der nähere Umgang, der jede Vortrefflichkeit ihrer göttlichen Seele auf mich strahlen lassen wird, die sinnliche Glut anfachen? – Weg mit diesem Unsinn! Der bloße Schatten einer solchen Furcht beleidigt die erhabne Panthea und mich. Wenn Schönheit mit Weisheit vermählt ist; wenn Unschuld und keuscher Anstand ihre Sitten schmücken; wenn sie Tugenden hat, die uns zur Bewunderung reizen: so müßte *der* ein Insekt sein, oder doch würdig in einen Wurm zusammen geschrumpft auf der Erde zu kriechen, der, anstatt die Liebe ihrer Seele zu verdienen, mit schändlicher Demut sich begnügte an ihrer äußern Schale zu kleben! – O Cyrus, wie konntest du deinen Freund einer solchen Verwandlung fähig glauben? Wäre Panthea nur schön, so hättest du mir mit keiner größern Gefahr eine schöne Bildsäule zu bewahren geben mögen. Ist sie geistvoll, großmütig, tugendhaft, warum sollen diese Vollkommenheiten gefährlich werden, weil sie durch den Flor der Schönheit hervor scheinen? – Nein! von einer Panthea hat selbst das schwächste Herz nichts zu besorgen! Mutig sehe ich den holden Stunden entgegen, die mich zu ihr führen werden, um neben ihr zu sitzen, sie anzuschauen, die Musik ihrer Lippen zu hören, und die höhere geistige Harmonie ihrer beredten Worte; oder sie, mit weiblicher Arbeit beschäftigt, unter ihren Sklavinnen zu sehen, die, obgleich jede von der Liebe selbst gebildet scheint, in bleichem Schimmer um sie her sitzen, gleich den Sternen, die den vollen Mond umschweben.

Zweite Abteilung

1
Panthea. Araspes

Panthea. Das Bild, das du mir von Cyrus gemacht hast, ist so schön, als es ein muntrer Geist entwerfen kann, wenn die Freundschaft den Pinsel führt; und wofern es sich auch unter den Händen der Liebe verschönert hätte, so wäre es mir doch ein Beweis deines ruhmwürdigen Eifers für einen Fürsten, den du zugleich als deinen Freund liebst und als deinen zukünftigen Herrn verehrest. Vielleicht geziemt es mir am wenigsten, einigen Zweifel merken zu lassen, da ich in seinem Betragen gegen mich die stärkste Beglaubigung deiner Worte finden sollte. Aber vergib mir, Araspes, ich kann denjenigen für keinen wahren Helden halten, der im Streiten und Erobern eine Belustigung findet, anstatt durch die menschenfreundlichen Künste des Friedens einen ewig dauernden Ruhm auf das Glück der Völker zu gründen.

Araspes. Du scheinst den persischen Prinzen von dieser Seite nicht recht zu kennen. Du bist durch falsche Nachrichten getäuscht, wenn du ihn mit diesen wilden Helden vermengest, denen das rauchende Schlachtfeld ein lieblicher Anblick, und das Ächzen der Sterbenden Musik ist. Er sucht in der Glückseligkeit der Menschen seine eigene; und wenn er das Schwert zieht, so geschieht es, um dem Frieden mit seinem ganzen segensvollen Gefolge einen dauerhaften Sitz zu erstreiten.

Panthea. Aber ist nicht dieses, was du sagst, der schöne Schleier, womit auch Tyrannen die Ungerechtigkeit ihrer Gewalttaten zu verhüllen suchen? Wenn Gewinnsucht oder blinde Ruhmbegierde den Krieg beschlossen hat, so wird es niemals an einem Vorwande fehlen, wodurch wenigstens der Wohlstand geschonet wird, mit dem sich diejenigen am stärksten zu verschanzen pflegen, die sich am wenigsten Gutes bewußt sind. Ich zweifle aber sehr, ob sich der Fall öfters ereigne, daß der Krieg das einzige Mittel ist, sich vor dem Untergang, oder vor dem, was noch ärger ist als der Tod, vor Sklaverei, zu schützen. Wie viel gelindere Mittel sind in jedem Falle möglich! Und sollte nicht ein Menschenfreund geneigt sein, selbst mit Aufopferung großer Vorteile, das Leben so vieler Tausende, die Wohlfahrt ganzer Völker, zu erhalten? Was hat der ehrwürdige, friedsame Landmann verschuldet, dessen rastloser Fleiß der kargen Erde unsern Unterhalt abzwingt? Was haben die wehrlosen Weiber und die Säuglinge an ihrer blutenden Brust verschuldet, daß sie der Raubbegierde, dem Stolz, oder der Rachsucht etlicher Unmenschen aufgeopfert werden sollen? Rufe nur die schrecklichen Szenen, die du besser als ich kennest, vor deine Augen! – Menschen gegen Menschen, Brüder, die, ihrer Blutsfreundschaft uneingedenk, Wut und Verderben gegen einander schnauben; das Schlachtfeld mit Sterbenden bedeckt; die Ströme von Blut aufgeschwollen; die schauernde Luft vom Winseln der Verwundeten erregt, die dem langsamen Tode flehen, daß er sie von einem quälenden Überrest von Leben befreien wolle! O wie jammert jetzt die verlaßne Mutter, von den Leichen ihrer Kinder umgeben, um die verwelkten Hoffnungen ihrer Jugend, die gesunkenen Stützen ihres hilflosen Alters! Die zärtliche Gattin rauft auf dem Grabe des geliebten Mannes in stummer tränenloser Verzweiflung ihre unverschuldeten Haare, indem eine junge verwaiste Schar mit kläglichem Gewinsel ihren Vater von ihr fordert. Das jungfräuliche Mädchen, zu einer bessern Hoffnung geboren, wird gemißbraucht, in sklavischem Aufzug das Bett eines barbarischen Herrn zu besorgen, wofern sie nicht lieber durch einen freiwilligen Tod der schändlichen Dienstbarkeit zuvorkommt. Die heiligsten Bande, womit Liebe und Treue die geselligen Menschen vereinbart, werden frevelhaft zerrissen. Das keusche Weib wird aus den Armen ihres Ehemanns, die aufblühende Tochter aus den beschützenden Augen ihrer Mutter fortgeschleppt. Scharenweise fliehen die alten Bewohner aus ihren väterlichen Gütern, und sehen mit wehmütigem Blick in die Flammen zurück, die ihre stillen Hütten verzehren. Allenthalben schreckt sie das Bild der Zerstörung und des Todes. Das schöne Angesicht der Natur ist unkenntlich; Verwüstung trauert auf den Gefilden, die vor kurzem wie Paradiese in blühender Fülle standen; keine frohlockende Stimme, kein kunstloser Waldgesang der unschuldigen Hirtin, von sanfter Freude eingegeben, schallet mehr um die nackten Hügel und die unbewohnten Täler, die kürzlich von glücklichen Menschen wimmelten. – Es wäre Grausamkeit ein so unmenschliches Gemälde zu vollenden. – Aber laß mich die Frage erneuern, Araspes: Wie kann sich ein Menschenfreund entschließen, über ein friedsames

Volk allen diesen Jammer aufzuhäufen und, wofern auch sein Zorn gereizt ist, den Übermut eines Einzigen an Hunderttausenden zu strafen?

Araspes. Wenn keine Lasterhaften wären, o Panthea, so würde der rechtschaffene Mann nie genötigt sein, sein Vaterland, seine Freiheit und sein Leben gegen gesetzlose Gewalttaten zu schützen. Aber so lang es Tyrannen gibt, die den Menschen seiner angebornen Rechte berauben, ihn zu den grasenden Tieren herab stoßen, oder mit unersättlicher Begierde nach dem Eigentum ihrer Nachbarn geizen, und den steigenden Flor eines freien Volks als eine Beleidigung ansehen, die nur das rächende Schwert aussöhnen kann: so lange ist es unmöglich, den Krieg aus der Menge der menschlichen Übel hinweg zu tun. Der eigne Vorteil eines Fürsten entscheidet hier nichts. Die Würde, die ihm zu behaupten auferlegt ist, erlaubt ihm nicht, den Wohlstand seines Volks einem Tyrannen Preis zu geben, oder sich, gleich einem unmenschlichen Vater, derjenigen zu entsagen, die durch die engesten Bande an seine Seele gebunden sind. Das Gemälde des Kriegs, das du so rührend entworfen und durch den gefühlvollen Ausdruck deiner Augen noch rührender gemacht hast, ist nur allzu ähnlich. Der Menschenfreund beklagt das Elend, welches er zu verursachen gezwungen wird, um ein größeres abzuwenden; und mitten im lauten Gepränge des Sieges schleichen sich mitleidige Tränen seine Wangen herab, die sich eines Lobes, das so teuer erkauft werden muß, schämen. Aber sage mir, sollten die Meder und Perser gleichgültig zusehen, wenn der assyrische König ihre Grenzen verwüstet? wenn er mächtige Fürsten durch erdichtete Klagen wider sie erhitzt? wenn er einen geheimen verräterischen Bund gegen sie anzettelt, und sich mit seinen schändlichen Mitverschwornen, von übermütiger Hoffnung gebläht, schon eh er gesiegt hat, in ihre Beute teilt? Sollten sie dem heran nahenden Untergang gleichgültig entgegen sehen; oder befiehlt nicht Pflicht, Ehre und Klugheit, einem solchen Feinde zuvorzukommen, und den abgewandten Streich auf sein eignes Haupt zu führen? Wenn Cyrus alle Drangsale des Kriegs über seine Feinde herwälzt, so errettet er in dem gleichen Augenblick ganze Völker, mit denen er durch engere Bande verknüpft ist, von eben diesen oder von noch größern Übeln, die er nur durch dieses Mittel von ihnen abwenden kann. Sein Glück, welches mit seinen Verdiensten einen Bund gemacht zu haben scheint, ist selbst seinen Feinden vorteilhaft. Er siehet nur diejenigen für Feinde an, deren Ehrgeiz und Raubsucht ihn genötigt haben das Schwert zu ziehen, welches er nur zum Schutz der Unschuldigen und Hülflosen, und zur Züchtigung der Bösen führt. Daher schont er der assyrischen Provinzen so sehr, als es die gesetzlose Notwendigkeit erlaubt; er hält die Gefangenen gnädig, und beschirmt einen jeden, der lieber seine Gnade als seinen Zorn verdienen will, im Besitze seines Eigentums. Ich versichere dich, Panthea, selbst die Assyrer, die ihn gesehen haben, lieben ihn, und sind bereit gegen einen so großmütigen Feind einen Landsherrn zu vertauschen, an den sie nur durch Auflagen und gewalttätige Bedrückungen erinnert werden.

Panthea. Ich gestehe dir, Araspes, daß ich, ehe du mich besser belehrtest, diesen jungen Helden für einen hochfahrenden, ruhmsüchtigen Jüngling hielt, der, von schimmernden Dunstbildern einer falschen Ehre angelockt, dem unbesonnenen Wunsche nachjage, sich ein grenzenloses Reich zu erstreiten, und seinen Thron auf den Nacken der bezwungenen Welt zu setzen. Ich hielt seine Klagen gegen den König von Assyrien für einen eiteln Vorwand, in welchen er seine wahren Absichten einhüllen wolle. Sowohl das allgemeine Gerücht, als sein letztes Betragen gegen die Armenier und Chaldäer, bestärkte meine Vermutung. Denn was ist glaublicher, als daß sich derjenige das größte Ziel verstecke, der einen so königlichen Geist in sich fühlt; dem Hindernisse und Gefahren nur Reizungen sind; der jede Gelegenheit zum Streiten für einen Ruf des Sieges ansiehet, und dem sein angeborner Mut und die rauhe persische Erziehung den Krieg eher zu einem Lustspiel, als zu einer beschwerlichen Arbeit gemacht haben?

Araspes. Erlaube mir nur, schöne Königin, mein Gemälde von Cyrus zu vollenden, so wirst du, anstatt ihn einiges Tadels schuldig zu finden, eher anstehen, ob du den für einen bloßen Sterblichen halten sollest, der in jeder Vollkommenheit so wenige, und in vereinigtem Besitz derselben keinen seines gleichen hat. Ich kenne ihn zu wohl, als daß ich zu viel versprechen sollte. Von dem Tage an, da er als ein noch junger Knabe an den Hof des Königs von Medien, seines Großvaters, kam, bin ich nie von seiner Seite gewichen. Mein günstiges Glück gab mir seine vorzügliche Liebe, und die Erlaubnis, ein vertrauter Zeuge aller seiner Handlungen, ja selbst ein Teilnehmer seiner geheimem Gedanken zu sein. Schon damals entwickelte sich der erhabne Charakter, der jetzt durch jeden neuen Anlaß zur Vollkommenheit ausgebildet wird. Sein Geist schien allzu feurig, die Grade langsam zu durchschleichen, durch welche der schwache Leib zur Blüte und männlichen Stärke heran wächst. Er zeigte in seinem Betragen eine Güte und Zärtlichkeit des Herzens mit einer unbiegsamen Standhaftigkeit und mit einer Kühnheit vereint, die nichts zu erschrecken vermochte; und die Vereinigung dieser sonst widerwärtigen Eigenschaften versprach schon damals unsern weisesten Alten einen zukünftigen Helden, der die Welt mit seinem Ruhm beschäftigen würde. Wie sehr hat er seitdem selbst unsere größten Erwartungen übertroffen, nachdem er die Jahre erreicht hat, in welchen der reife Jüngling sich in den Mann verliert! Seine großmütige Seele umfasset das menschliche Geschlecht. Sein Mitleiden eilt unerbeten jedem Hülfsbedürftigen entgegen. Seine Seele ergetzt sich am Anblick der Ordnung und des Wohlstands, die er gestiftet hat. Wie oft sah ich ein göttliches Lächeln über sein majestätisches Gesicht herab glänzen, wenn er diejenigen um ihre Gegenliebe als die einzige Belohnung ersuchte, die er, ohne daß sie es um ihn verdienten, glücklich gemacht hatte! Wie viel darf die Welt von einer solchen Güte erwarten, die von einem so mächtigen und tätigen Geiste regiert wird! Seine Erfindungskraft ist unerschöpflich an Mitteln, seine Absichten zu befördern. Er entschließt sich selten ohne eine langsame Beratschlagung mit sich selbst; obgleich, wenn es die Not erfordert, die Schnelligkeit seiner Gedanken dem Blitze gleich ist. Aber in der Ausführung eines Vorhabens deucht er mir nur mit den Göttern zu vergleichen, deren stille unsichtbare Wirksamkeit zu schlummern scheint, bis ihre geheime Arbeit uns unvermutet überrascht, und vollendet vor unserm erstaunten Auge da steht, ohne daß wir die Triebfedern wahrnehmen, wodurch sie herbei gebracht worden. Wenn ich alle diese Vorzüge, die ihn so weit über andre erheben, überdenke, so weissagt ihm meine Hoffnung ein Glück, das seiner würdig ist; und er scheint mir von dem obersten Beherrscher der Geister dazu bestimmt zu sein, einen großen Teil des menschlichen Geschlechts zu beglücken, und den Königen, die auf ihn folgen werden, ein Vorbild zu sein. Vielleicht ahndet seiner großen Seele etwas von den Absichten des Himmels mit ihm. Wie könnte er der einzige sein, der die Obermacht nicht merkte, die seine Weisheit, seine Beredsamkeit, seine Großmut, über die Herzen der Menschen ausübt? Cyrus hat nicht nötig die Völker mit Waffen zu bezwingen; seine unwiderstehliche Güte, und die durch so viel Anmut gemilderte Hoheit seiner Person wird sie mit sanfter Gewalt in den Schatten seines Thrones locken. Eine Reihe Begebenheiten, von denen ich vor kurzem Zeuge war, bestätigt meine Hoffnung. Du erwähntest ihrer, Panthea; aber mich dünkt, das Gerücht habe dir das Betragen des Cyrus in einem falschen Lichte gezeigt.

Panthea. Mich verlangt sehr, besser von dir berichtet zu werden, obgleich deine Erzählung mich schon ganz für deinen Helden eingenommen hat. Wie gefällt mir diese freundschaftliche Hitze, die deine Ausdrücke belebt und auf deinen Wangen glüht, wenn du von Cyrus redest! Die Liebe, die du für seine Tugend fühlst, ist mir ein Beweis von deiner eignen. Die Taten der Tugendhaften, von Freunden der Tugend gepriesen, sind die angenehmste Musik für meine Seele.

Araspes. Und ich, schöne Panthea, kenne kein Vergnügen, welches dem gleich wäre, deine Aufmerksamkeit mit dem Lobe des Cyrus zu unterhalten. Was ich dir jetzt erzählen will, wird dir in vollem Lichte zeigen, wie er sich seiner Obermacht über die geringern Menschen bedient. Der König von Armenien, welchen Astyages, der Vater des jetzigen Königs von Medien, als einen ungerechten Störer der nachbarlichen Eintracht, zum Vasallen gedemütiget hatte, weigerte sich, so bald ihm die Absichten der Assyrer bekannt wurden, den jährlichen Tribut zu bezahlen und die Hülfsvölker zu schicken, die er dem medischen Könige schuldig war. Diese Untreue schien bei den gegenwärtigen Umständen gefährlich; denn man sah wohl, daß der König von Armenien nur auf einen günstigen Wink des Glücks warte, um sich mit den Feinden der Meder und Perser zu vereinigen. Die Mittel, ihn zum Gehorsam zu bringen, waren entweder zu langsam oder zu gefährlich. Unentschlossen wankte *Cyaxares* schon etliche Tage von einem Vorsatz zum andern; als sich endlich Cyrus, der den kleinsten Aufschub in wichtigen Geschäften hasset, freiwillig anbot, den rebellischen König nicht nur zu seiner Pflicht zu nötigen, sondern ihn sogar zu einem getreuen Freunde des *Cyaxares* zu machen. Mit keinem größern Haufen, als der Vorwand einer Jagd auf den armenischen Grenzen unverdächtig machen konnte, rückte er, so unvermutet als eine erscheinende Gottheit, bis vor die Hauptstadt des Rebellen, der, ohne einen vergeblichen Widerstand zu wagen, kaum Mut genug behielt, auf die Flucht zu denken. Allein Cyrus hatte schon alle Auswege versperrt; die Gemahlin und die Kinder des Armeniers, welche mit seinen Schätzen ins Gebirge geflüchtet werden sollten, kamen in seine Gewalt. Der König selbst, auf einem Hügel, wohin er geflohen war, von allen Seiten eingeschlossen, mußte sich ohne Bedingung ergeben. Cyrus richtete ihn im Angesicht der Perser und Armenier, und fing ihn so geschickt in einem unsichtbaren Netze künstlicher Fragen, daß er sich selbst wider seine Absicht das Todesurteil sprach. Der Sieger schien anfangs zu zweifeln, ob er nicht der strafenden Gerechtigkeit den Lauf lassen sollte. Nicht als ob er wirklich unentschlossen gewesen wäre: er wollte ihm nur durch den Anblick des Todes einen tiefern Eindruck von seinem Verbrechen geben; und überdies war es ihm lieber, daß seine Gemahlin und Kinder die Begnadigung ihres Ehemanns und Vaters mehr ihren vorbittenden Tränen, als seiner Willkür, zuschreiben möchten. Er vergab endlich dem König von Armenien auf eine Art, worin Ernst mit Güte gemischt war; und doch so edel, daß er aus einem treulosen wankenden Vasallen einen Freund machte, der sich durch Dankbarkeit stärker gebunden hielt, als Furcht und Verträge binden können. Die Weisheit seiner Reden und die Billigkeit seiner Art zu handeln gewannen das Herz des überwundnen Königs, den die gefühlte Obermacht allein nur mit Mißtrauen und Abscheu erfüllen konnte. Er entdeckte dem großmütigen Überwinder die ganze Stärke seines Reichs, und überließ seine Schätze und sein Heer seiner Willkür; aber Cyrus bediente sich beider mit der weisen Mäßigung, die ihn im Glücke nie verläßt. Er ließ dem König die Hälfte seiner Völker, so bald er vernahm daß er mit den Chaldäern in Feindschaft lebe. Und so schied er, nachdem er in einem einzigen Tag alles in Ordnung gebracht, von Tigranes, dem ältesten Sohne des Königs, und einem Teile der armenischen Truppen begleitet, und ließ jedermann von seiner Großmut und Klugheit und von der männlichen Schönheit und Majestät seiner Gestalt entzückt.

Indessen arbeitete sein immer geschäftiger Geist schon wieder an einem großen Vorhaben. Er beschloß, die Wurzel der Zwietracht zwischen den Chaldäern und Armeniern auszureuten, welche beiden Völkern gleich verderblich war. Die Chaldäer, die nächsten Nachbarn der Armenier, sind ein streitbares Volk, rauh von Sitten, und Liebhaber der Freiheit. Sie bewohnen ein gebirgiges undankbares Land; glücklich, wenn sie es zu sein glaubten, da ihre Armut mehr in einer Unwissenheit der überflüssigen Dinge besteht, die unsere Wollust zu Notwendigkeiten gemacht hat, als in einem Mangel des wenigen, was die Natur fordert. Indessen machte sie doch sowohl die Unfruchtbarkeit ihres Landes als ihre Streitbarkeit zu beschwerlichen Nachbarn für die Armenier, die in den Künsten des Friedens geübter sind. Sie hielten die Berge, wodurch sie von Armenien abgesondert sind, beständig besetzt, und waren auf diesen Vorteil so trotzig, daß sie von keinem billigen Frieden hören wollten. Cyrus bediente sich seiner gewöhnlichen Behendigkeit, die dem Gerüchte von seinem Vorhaben immer vorzueilen pflegt. Er bemächtigte sich ohne Schwierigkeit dieser Berge; denn die Chaldäer, so bald sie geübtere Widersacher fanden als die unkriegerischen Armenier, sahen sich nicht zahlreich genug, einen langen Widerstand zu tun. Einige verloren das Leben, einige wurden verwundet; die meisten aber kamen unbeschädigt in die Gewalt der Perser.

Panthea. Mich wundert, Araspes, wie du deinen Prinzen ohne Verletzung seiner Gerechtigkeit und Güte aus dieser Unternehmung heraus wickeln wirst, die beim ersten Anblick sehr unregelmäßig erscheint.

Araspes. Ich zweifle sogar, ob man sie unregelmäßig nennen kann, da Cyrus, der die Stelle des Cyaxares vertrat, ein Recht hatte, den Armeniern, seinen Schutzverwandten, Sicherheit zu verschaffen. Aber höre nur den Verfolg. Er befahl sogleich, die Verwundeten aufs sorgfältigste zu pflegen und den Gefangnen die Fesseln abzunehmen. Er ging selbst zu ihnen, und sagte ihnen mit der Miene der Wahrheit, die niemand an seinen Worten zweifeln läßt:[1]

»Ich bin nicht gekommen, euch zu zerstören, oder der Freiheit zu berauben, die das angeborne Recht des Menschen ist; sondern im Gegenteil einen dauerhaften Frieden zwischen euch und den Armeniern auf euern gemeinschaftlichen Vorteil zu gründen. Die Erfahrung wird euch überzeugen, daß ich dadurch euere Rechte nicht verletze, wenn ich euch die Macht Böses zu tun benehme. Ehe ich mich dieser Berge bemächtigt hatte, wolltet ihr von keinem Frieden

---

[1] Die folgende Stelle ist wörtlich aus dem Xenophon übersetzt.

hören, weil ihr selbst von den Armeniern bedeckt waret, und so oft als es euch beliebte ihre Felder des goldenen Schmucks, und ihre Vorratskammern des Überflusses berauben konntet, den die Natur zur Belohnung ihrer Arbeit bestimmt hatte. Jetzt sehet ihr selbst, was euer eigner Vorteil fordert. Ich setze euch wieder in Freiheit. Fraget euere Landsleute, ob sie lieber in Streit oder in Freundschaft mit uns leben wollen. Wähler ihr das erste, so kommt nicht anders als mit den Waffen in der Faust zurück; verlanget ihr aber, wie wir, nach dem Frieden, so sollet ihr Ursache finden, euch dieser Wahl zu erfreuen.«

Als ihm die Chaldäer für diese gütige Begegnung danken wollten, setzte er hinzu: »Danket mir nicht für ein Betragen, welches ich euch als frei gebornen Menschen schuldig bin, und das der Absicht gemäß ist, weswegen ich euch so unvermutet überrascht habe. Ich hasse alle Gewalttaten; und wofern ihr es nicht selbst verwehret, so sollet ihr mich niemals anders als euern Freund erfahren.«

Indessen daß die Chaldäer, voll vom Lobe des Cyrus, zu ihren Landsleuten reiseten, kam eine Menge Arbeiter an, die er von dem armenischen König verlangt hatte, um eine feste Schanze auf diesen Bergen anzulegen. Sie war schon halb fertig, als die Chaldäer zurück kamen, und diesen seltsamen Fremdling, den ihre Einbildungskraft beinahe vergötterte, um den Frieden baten. »Ohne Zweifel«, sagte er zu ihnen, »verlanget ihr Frieden, weil ihr mehr Sicherheit im Frieden findet als im Kriege? Und wie, wenn euch der Friede noch größere Vorteile mitbringt, als ihr erwartet?« – »Desto mehr wird er uns willkommen sein«, versetzten die Chaldäer. – »Haltet ihr euch«, fuhr er fort, »nicht deswegen für arm, weil es euch an fruchtbarem Boden mangelt?« – Sie gestanden es ein. – »Wäret ihr also nicht zufrieden, wenn euch erlaubt würde, einen Teil der armenischen Felder zu bauen, unter der Bedingung, dem König die gleichen Abgaben zu entrichten wie seine Untertanen?« – »Allerdings«, antworteten die Chaldäer; »wenn wir nur sicher sind, daß wir keine Gefahr daher zu besorgen haben.« – Hier befragte Cyrus den König, ob er es zufrieden sei, den Chaldäern unter der gedachten Bedingung die Nutzung derjenigen Felder zu verstatten, welche, wie der Prinz unterwegs beobachtet hatte, ungebaut lagen? »Warum nicht?« antwortete der König; »meine Einkünfte würden dadurch beträchtlich wachsen. – Und ihr«, fuhr er fort, indem er sich zu den Chaldäern wandte, »wollet ihr nicht dagegen den Armeniern erlauben, ihre Herden auf euern fetten Gebirgen weiden zu lassen, wofern sie versprechen, euch dafür einen billigen Zins zu bezahlen?« – »Wie sollten wir uns«, antworteten sie, »eines beträchtlichen Vorteils weigern, den wir nicht mit der geringsten Arbeit erkaufen müßten?« – Auch der König von Armenien ließ sich diesen Vorschlag gefallen, wofern seine Leute keine Gefahr dabei liefen. – »Wärest du nicht sicher«, fragte ihn Cyrus, »wenn du auf diesen Bergen eine Besatzung hieltest?« – Der König säumte nicht ja zu sagen; aber die Chaldäer widersetzten sich, und behaupteten, daß sie in diesem Falle nicht sicher wären. – »So werdet ihr also«, sagte Cyrus, »Meister von den Bergen bleiben wollen?« – Die Chaldäer gestanden, daß sie dieses wünschten; allein der König von Armenien konnte dieses, seiner eignen Sicherheit wegen, eben so wenig zugestehen. – »So höret denn«, sagte Cyrus, »was ich tun will: ich will diese Berge keinem von euch beiden zurück geben, sondern sie selbst bewachen lassen; und wenn ihr künftig mit einander zerfallen solltet, so soll der Unrecht Leidende allezeit meines Schutzes gewiß sein können.«

Dieser Vorschlag wurde von beiden Seiten gebilliget. Sie gestanden, daß er das einzige Mittel zu einem sichern Frieden sei. Beide Völker vereinigten sich hierauf in das engste Bündnis, und beschlossen durch Vermählungen in Ein Volk zusammen zu wachsen, dessen Vorteile, so eng in einander verschlungen, keine Zwietracht mehr zulassen. Die Freude über diesen Vergleich verbreitete sich schnell durch beide Länder. Ein Geist des Friedens schien sie plötzlich angehaucht zu haben; alles erschallte von Lobsprüchen und Segnungen des jungen Helden, der unter ihnen erschienen war, ihre Glückseligkeit zu befestigen, und die Wohltaten des Friedens über sie auszuschütten. Seine großmütigen Gesinnungen bemeisterten sich auch der kleinsten Seelen, und die ehmals von der unedelsten Selbstheit getrieben wurden, begriffen jetzt, daß wir nur dann für unsern eignen Vorteil arbeiten, wenn wir andern nützlich sind, und daß nur der allgemeine Wohlstand das Glück einzelner Menschen sicher stellt. – Wie erfreue ich mich, Panthea, in deinem schönen Gesichte die Wirkungen zu lesen, die ich von meiner Erzählung hoffte!

Panthea. Ja, sie hat ihre Wirkung getan, Araspes! Ich erkenne in dem Betragen deines Fürsten die unzweideutige Miene eines wahrhaft großen Mannes. Diese Chaldäer hatten wohl recht, ihn für einen menschenfreundlichen Gott zu halten; denn es ist ein göttliches Geschäft, Eintracht und Ordnung unter den Menschen zu stiften, und eine göttliche Wollust, Glückliche zu machen. Der große Haufe der Sterblichen gleicht einem unbeseelten Leibe, wofern er nicht von einem Geist aus einer höhern Ordnung regiert wird, der seine Bewegungen lenket, seine Aufwallungen mäßigt, und seinen Bedürfnissen abhilft. Ohne einen Cyrus hätte die Zwietracht vielleicht diese beiden Völker aufgerieben, obgleich das Mittel, wodurch er sie in Harmonie stimmte, so leicht und einfältig scheint, daß es sich einem jeden von selbst hätte anbieten sollen. So schmiegen sich die heilsamsten Pflanzen unbemerkt unter unsern Füßen, bis ein Weiser, vertraut mit der Natur, ihre wohltätigen Kräfte entdeckt, und das erstaunte Volk belehrt, daß die Genesung unter seinen Tritten keime. Jetzt preise ich diesen erhabnen Stolz, wenn es Stolz ist, dieses edle Bewußtsein, wodurch er sich geboren fühlt die Angelegenheiten der Völker zu schlichten, ihnen Gesetze zu geben, und die Ungehorsamen mit liebreicher Gewalt zu nötigen, sich ihrer unerkannten Vorteile zu bedienen. Nur einem solchen Geist ist die Begierde zu herrschen anständig, den seine höhere Weisheit zum Ratgeber, und seine vorsorgende Güte zum Vater der Menschen macht.

Araspes. Ich kenne keine heftigere Begierde in seiner großmütigen Seele, als die Begierde von allen Menschen *geliebt* zu sein; eine Begierde, die ihn unaufhörlich anspornt, die Liebe zu *verdienen*, in welche er sein Glück und seine Ehre setzt. »Was für Vorteile«, hörte ich ihn einst sagen, »hat ein König vor dem unbillig verachteten Bewohner der Strohhütte, wenn es nicht der ist, daß er einen jeden so zu sagen nötigen kann, ihn zu lieben? Welch ein Vergnügen ist es, in jedem Gesichte, das uns umgibt, Zufriedenheit und stille Hoffnung lächeln zu sehen! Was für ein süßer Anblick ist mir die trunkne Freude eines Menschen, den ich mit einer unvermuteten Wohltat überrasche! Ich würde keine Ruhe haben, wenn ich auf der Stirn irgend eines Redlichen einen geheimen Kummer beobachtet hätte, ohne ihn zerstreut zu haben ehe die Sonne untergeht. Glaubet mir, meine Freunde«, fuhr er fort, – »doch ihr werdet es selbst erfahren – es ist eine Wollust im Wohltun, von welcher der König von

Assyrien mitten unter seinen schönen Beischläferinnen nichts weiß. Wenn ihn die süßesten Gerüche aus Arabien umduften, wenn die niedlichsten Speisen und die geistigsten Weine seinen Gaum, und die lieblichsten Symphonien sein Ohr kitzeln; wenn seine lüsternen Augen unter tausend blühenden Schönen ungewiß irren, um diejenige zu suchen, welche sein ermüdetes Gefühl aufwecken soll: so genießt er Freuden, welche ein unangesehener Wurm, den doch die Natur vielleicht prächtiger geschmückt hat als ihn aller Übermut der Kunst schmücken kann, viel lauterer genießt, ohne von Ekel und ungesättigten Begierden zugleich gequälet zu werden. Aber die Freuden des Menschenfreundes und die Wonne eines Gottes strömen, nur im Grade verschieden, aus der gleichen Quelle. Ja, meine Freunde, ich fühle es, daß etwas Vergötterndes in diesen Empfindungen ist; mich dünkt, meine eignen Bedürfnisse nehmen ab, je mehr ich die eurigen vermindre, und meine Glückseligkeit werde immer unbegrenzter, je mehr ich andre glücklich mache.« – Du staunest, Panthea? dein Gesicht glänzt von tugendhafter Entzückung, sanfte Tränen gleiten deine glühenden Wangen hinab? Was für Rührungen –

Panthea. O *Abradates*, diese Züge bringen dein geliebtes Bild vor meine Augen! Wer hat dich jemals gesehen, ohne dich zu lieben? In welchem Auge glänzte dir nicht Beifall und Dank entgegen, wo du gingest? Stolz auf den süßen Vaternamen, verschmähtest du die eiteln Titel und das sklavische Gepränge, womit unwürdige Könige den Haß eines unterdrückten Volkes zum Heucheln zwingen wollen. Sollte so viel Tugend, ein so königliches Herz – nein! meine frevelhafte Furcht beleidigt den Himmel! Abradates lebt ein Freund des Cyrus zu werden. Cyrus mag ihn in andern Vollkommenheiten übertreffen; aber Großmut, Araspes, und jede menschenfreundliche Tugend haben sie in gleichem Maß aus den Händen der Natur empfangen. – Welch ein glorreiches Werk, wenn ich diese verschwisterten Seelen einander nähern könnte! Ja, wenn das Schicksal meine Hoffnung nicht täuscht, so hoffe ich ein Mittel zu werden, die edle Sehnsucht des Cyrus nach Liebe durch die Freundschaft eines Mannes zu bereichern, der es würdig ist an seinem Herzen und an seinen Taten Anteil zu haben. – Aber mich dünkt, ich höre ein Getümmel wie von wieder kommenden Siegern – ihre mutigen Rosse scheinen Triumph zu wiehern – ach! mein pochendes Herz! –

Araspes. Sei unbesorgt, o du, für welche der Himmel selbst, als für das schönste seiner Werke, sorget! Vielleicht bringen dir diese Ankommenden eine willkommene Botschaft. Mich dünkt, es sind die Meder, die von Verfolgung der flüchtigen Assyrer zurück kommen. Mein Freund *Arasambes* ist unter ihnen. Ich fliege, schöne Königin, um von ihm Nachrichten zu holen, die, wie ich hoffe, alle deine zärtlichen Sorgen in sanfte Ruhe wiegen werden.

2
Arasambes. Araspes

Arasambes. Ein glücklicher Zufall hat meine dich suchenden Schritte auf deine Spur gebracht. Dank sei den himmlischen Beschützern der Freundschaft! ich sehe meinen Geliebten, meinen Araspes wieder. Wie süß ist nach vollbrachter Arbeit diese frohe Umarmung!

Araspes. Willkommen, edler ruhmvoller Jüngling, den ich stolz bin, meinen Freund zu nennen. Laß uns dort unter jenen umschattenden Palmen ausruhen, und unsere begierigen Seelen ungestört mit freundschaftlichen Gesprächen sättigen! O wie viel angenehme Neuigkeiten schweben dir auf meinen ungeduldigen Lippen entgegen! – Aber vergnüge du zuerst meine Neugier. Sage, durch was für Taten ihr den Ruhm unsers Feldherrn behauptet habet, und was für neue Ehren um die glorreiche Stirne meines Arasambes blühen!

Arasambes. Du kennst mich, mein Freund. Ob ich es gleich für eine heilige Pflicht halte, für unser Vaterland oder für die gerechte Sache der Unterdrückten zu streiten: so haben doch die Lorbeern, die vom Blute meiner Brüder triefen, keinen Reiz für mich. Du weißt daß uns Cyrus befahl, die Assyrer so weit zu verfolgen als wir könnten. Der größte Teil von uns setzte auf verschiedenen Wegen den zerstreuten Flüchtlingen nach. Ich war unter dem Haufen, welchem befohlen war, den Abradates einzuholen, der sich mit einer ansehnlichen Schar susianischer Reiter in langsamer Eile zurück zog. An der Zahl überlegen, gelang es uns ihn endlich zu umringen. Aber sein königlicher Geist verschmähte sich in Ketten zu schmiegen. *Seine* Gefahr schien jeden Susianer mit der ganzen unbändigen Wut des Kriegs zu beseelen. Sie schlugen sich mit blutiger Arbeit durch unsern ermüdeten Haufen, bis die friedsame Nacht dazwischen kommend dem wilden Gefecht Einhalt tat. Ich gestehe dir, Araspes, mein aufgehobener Arm blieb wie erstarrt schweben, da ich diesen Helden sah, dessen zarte, jugendlich blühende Schönheit keinen solchen Mut versprach. Sein Liebe einhauchender Anblick schien über unsere Krieger die gleiche Macht zu haben. Wir wurden zum Weichen genötigt. Allein unser Befehlshaber bestand darauf, nicht ohne Abradates zurück zu kehren. Der folgende Morgen erneuerte das Gefecht. Warum, dachte ich, soll ein so ruhmwürdiger

Prinz nicht vielmehr ein Freund als ein Gegner des Cyrus sein? Die Hoffnung dieser glücklichen Veränderung machte mich seine Gefangenschaft mit feurigem Eifer wünschen. Aber sein Widerstand ermüdete unsere streitbarsten Arme. Er entrann uns mit den Auserlesensten, die ihm übrig geblieben waren, und mußte uns nur diejenigen unwillig zurück lassen, die aus Ermüdung, oder von ihren Wunden geschwächt, seiner Behendigkeit nicht folgen konnten. Die Gefangnen sagten uns, daß er nach Susiane zurückkehre, um ein neues Heer zu bewaffnen, und wenigstens sein eignes Reich vor Gewalttaten und Unterdrückung zu schützen.

Araspes. Er hat uns eine Beute zurück lassen müssen, die uns Bürge für seine eigne Person ist. Hast du nichts von der schönen *Panthea* gehört? von dieser göttlichen Schönheit, die nur der Umarmung eines Unsterblichen würdig ist? Sie ist eine Gefangene des *Cyrus*, und meiner Aufsicht von ihm übergeben worden.

Arasambes. Du hast ein gefährliches Amt übernommen, mein Freund, wenn gleich das Gerücht ihre Schönheit um die Hälfte vergrößert.

Araspes. Glaube mir, wenn ich auch mit der honigtriefenden Zunge eines begeisterten Dichters ihre Reizungen beschriebe, so würdest du doch, so bald du sie selbst sähest, meine stärksten Ausdrücke zu niedrig, meine lebhaftesten Farben zu matt, und mein ganzes Gemälde unkenntlich finden; so sehr ist sie über alle Beschreibung erhaben.

Arasambes. Dein Beispiel, mein Freund, macht mich nicht ungeduldig, die Wahrheit deiner Versicherung mit meinen eignen Augen zu erkundigen.

Araspes. Es wird nicht nötig sein, daß du sie sehest, wenn du so wenig Empfindung von dem Wert eines solchen Glücks hast. – Aber warum sagst du, *mein Beispiel* ersticke dein Verlangen? Ich begreife nicht, was du damit sagen willst.

Arasambes. Vielleicht täuscht mich eine allzu sorgsame Freundschaft. Aber mich deucht, liebster Araspes, wenn ich aus dem Feuer deiner Ausdrücke und deiner noch beredtern Augen schließen darf, die Schönheit dieser Susianerin habe allzu tiefe Eindrücke auf dein

Herz gemacht, als daß es für mich, dessen Herz minder stark ist als deines, sicher sein könnte sie zu sehen.

Araspes. Was nennst du *allzu tiefe* Eindrücke, Arasambes? Soll es nicht erlaubt sein, für die erhabensten Vorzüge empfindlich zu sein? Diese Empfindlichkeit ist mein Ruhm! Kann ich ungetadelt eine Blume des Feldes bewundern: warum soll ich getadelt werden, wenn ich eine Panthea bewundere, deren Anblick selbst deine marmorne Kälte zu Entzückung glühen machen würde? Ja, ich bewundere sie; ich bin stolz darauf daß mir nicht Einer ihrer namenlosen Reize unempfunden entgeht, ob sie gleich tausend bei tausend sich in meine Augen drängen. Ich will dir noch mehr sagen, Arasambes: ich liebe sie, ich brenne vor Verlangen, sie so glücklich zu sehen als sie zu sein verdient; und ich würde meine Seele selbst hingeben, wenn ich sie dadurch glücklich machen könnte.

Arasambes. Deine Hitze macht mich zittern, Araspes. Ich bin weit entfernt, dich anzuklagen, oder deine Liebe zu beleidigen, wenn es auch Liebe ist, was du für Panthea empfindest. Aber laß mich nicht um der schönen Panthea willen einen Freund verlieren, der mir so teuer als mein Leben ist; und verstatte meiner Zärtlichkeit das Recht, sich um alles zu bekümmern, was deine Ruhe befördern oder stören kann.

Araspes. Laß mich dich umarmen, mein Arasambes, mein allezeit redlicher Freund, und vergib meiner unbesonnenen Aufwallung. Deine Sorgfalt verdient meine dankbarsten Regungen, wenn sie gleich bei diesem Anlaß allzu ängstlich wäre. Ich sehe, dünkt mich, alles was du mir sagen willst – von der Gewalt der Schönheit, von dem süßen Gift der Liebe, von der Gefahr mich in ihren Reizungen so zu verstricken, daß ich selbst meine Tugend zurück lassen muß, ehe ich wieder entkommen kann. Aber wenn du dies besorgest, mein Freund, so kennst du weder die Reinigkeit meiner Liebe, noch die Vollkommenheit, von der sie entzündet ist. Wer könnte Panthea wie eine Sterbliche lieben? Bei ihr verliert sich das liebreizende Weib in die holde Majestät des Engels. Sie ist so ganz Seele, daß ihr Leib nur ein Abglanz derselben scheint, oder ein ätherischer Schleier, die blendende Schönheit zu mildern, welche kein sterbliches Auge unverhüllt ertragen könnte. Wenn ich sie sehe, so ist mir als ob mich die Gegenwart einer Gottheit umstrahle. Ein sanfter lieblicher Schauer wallt durch mein Wesen, meine Natur scheint sich zu erhöhen, mein Leib wird ätherisch, ich empfinde mit neuen Sinnen und atme eine reinere Luft. Wenn sie spricht, wird alles Musik um mich her; ihr zauberisches Lächeln scheint sich allem, was um sie ist, mitzuteilen; alles glänzt und blühet und erfreuet sich, wo sie zugegen ist. Jüngst lud uns der Mond ein, diese lustreiche Gegend bei seinem dämmernden Lichte zu durchwandern. Mandane begleitete ihre Königin. O mein Freund, mir war, – ich finde keine Worte, meine Gefühle auszudrücken! *So,* glaube ich, ist den frommen Geistern zu Mute, die, vom Leib entfesselt, sich zu den Unsterblichen empor geschwungen haben; *so* glänzen die bezauberten Auen, wo sie in süßer Geselligkeit umher schweben, wie mir an ihrer Seite der verschönerte Frühling entgegen glänzte. Die Blumen und balsamblühenden Stauden schütteten ihr süßere Gerüche zu, der Mond schaute mit hellerm Antlitz auf sie herab, die ganze Natur schien auf die Empfindung stolz zu sein, die sie ihrer himmlischen Seele einflößte. »Welch eine Lieblichkeit«, sagte sie, »verbreitet dieses milde weibliche Mondlicht über die schlafende Natur! Welch ein anmutiger Abstich dieser entfärbten Schatten gegen die scharfen ermüdenden Farben, dieser sanften Stille gegen das laute Getümmel des Tages! Das ungewisse Auge glaubt nur die Schatten der Dinge zu sehen, die kurz zuvor, vom Sonnenglanz vergoldet, in mannigfaltiger Pracht hervorragten. Allenthalben herrscht ein heiliges Stillschweigen, außer wenn fernher eine Quelle über sanft neigende Hügel schläfrig murmelnd herab schleicht, oder irgend ein Zephyr, der unter jungen Blumen schlummerte, erwacht, und umher flatternd ihre süßesten Gerüche von seinen Schwingen schüttelt. Fühlest du auch, Mandane, und du, Araspes, diese zauberische Ruhe, dieses Einschlummern aller Sorgen, dieses angenehme Staunen, welches ich jetzt fühle? Jetzt, da meine Sinne nur wie von leichten Träumen gerührt sind, scheinen alle meine Bekümmernisse eingewiegt, und die besänftigte Seele ist lauter Hoffnung. Wunderbare Ahnungen steigen in mir auf, und schwellen mein Herz mit stiller Sehnsucht nach Szenen von reiner unvermischter Wonne, die in blendendem Glanze schnell vor meinem Geiste vorüber blitzen. Was ich jetzt empfinde, Mandane, gibt allen deinen tröstenden Reden neue Stärke. Mir ist als ob ich, vom Getümmel der Sinne ungestört, die gegenwärtige Gottheit fühle. Wie süß ruht die Natur unter ihren umschattenden Flügeln, indem der ganze Himmel seine strahlenden Heere vor dem Auge ihres Beherrschers aufführt!« – So floß ihr lieblicher Mund von den Gefühlen des schönsten Herzens über, die durch ihre melodiereiche Stimme und durch ihre sanft begeisterte Miene noch mehr verschönert wurden!

Arasambes. Wie beredt ist die Sprache der Zärtlichkeit! Fahre fort, mein Freund; mich dünkt, ich wollte dir zuhören, bis uns die nächtlichen Schatten von hier vertreiben.

Araspes. O Arasambes, ich fühle hier ich weiß nicht was für eine süße Erleichterung, wenn ich die Empfindungen in deinen vertrauten Busen ausgieße, von denen ich mich noch nicht erkühnt habe mit ihr selbst zu reden. – Und doch warum diese Furchtsamkeit? Was ist in allem was ich fühle, das sich selbst vor ihrer unbefleckten Unschuld verbergen müßte? Es wäre mir eben so unmöglich anders zu empfinden, als diesen azurnen Himmel ohne das Gefühl eines aufheiternden Behagens anzuschauen, oder die weiche erquickende Luft ohne Vergnügen einzuatmen. Es ist nicht die Schönheit des Leibes, nicht diese untadelige Symmetrie ihrer Bildung, nicht dieses harmonische Gemisch von ergetzenden Farben und sanft wallenden Linien, was mich entzückt. O mein Freund, es ist eine höhere ursprüngliche Schönheit in ihr, von welcher alle diese äußerlichen Reize und Grazien ausfließen! Es ist ihre *Seele*, die eine so süße Gewalt über die meinige hat! – Weg mit diesem zweifelnden Lächeln, Arasambes! Wenn du auch meines Herzens, welches du nicht unedel kennest, nicht schonen willst, so beleidige doch diese göttliche Schöne nicht! Ich bin noch nicht so lange um sie, daß mich die Gewohnheit gegen ihre Vortrefflichkeiten stumpf hätte machen können. Jede Stunde entdeckt mir neue Ursachen sie zu bewundern; ihr Betragen ist Güte und Klugheit, mit liebenswürdiger Bescheidenheit geschmückt. In ihrem Reden und Tun ist die ungekünstelte Freiheit, die aus dem Bewußtsein der Unschuld entspringt. Heroische Großmut, mit der sanftesten Zärtlichkeit gemildert, erhitzt ihren Busen. Ihre Gestalt, ihre Worte, ihre Handlungen, alles ist Harmonie. Selbst in ihrer Bildung ist kein feineres Ebenmaß, sind keine richtigere Verhältnisse als in ihren Neigungen und Taten. Sollte mich dieser Himmel von Tugenden nicht entzücken? O mein Freund, dies sind Schönheiten, die ins innerste Herz dringen. Die äußere Gestalt allein, wenn sie gleich alles hat, was die Sinne bezaubern kann, würde nur sanft schmeichelnd über meine Seele hinwallen: aber diese schwesterliche Vereinigung der Schönheit und Güte bemeistert sich des willigen Herzens, und selbst die Vernunft befiehlt mir ganz Liebe zu werden, um dem Wert einer solchen Vollkommenheit durch meine Empfindungen genug zu tun.

Arasambes. Glaube nicht, du edelmütiger Jüngling, daß ich diese Gefühle tadle, die mir vielmehr der stärkste Beweis von der Gesundheit und innern Güte deiner Seele sind. Diese zarte Empfindlichkeit für das Schöne und Vollkommne ist die Grundanlage zu allem, was der Mensch Großes und Bewundernswürdiges tun kann, die echte Mutter des Heldengeistes und der Tugend! Ich liebe meinen Freund um dieser Empfindlichkeit willen, die weit über die kriechende Seele tierischer Menschen erhaben ist. Doch erlaube mir eine Frage, Araspes –

Araspes. Frage was du willst, mein Freund; mein Herz scheuet sich nicht vor deinen schärfsten Blicken, oder es müßte sich selbst unbekannt sein.

Arasambes. Merkst du nicht, daß deine Liebe schon durch mehr als Einen Grad gestiegen ist, und mit jedem Grade sich die Vollkommenheiten ihres Gegenstands größer und glänzender vorstellt?

Araspes. Wie kann es anders sein, als daß mir der nähere Zutritt mehr Vortrefflichkeit enthüllen mußte, als der erste flüchtige Anblick?

Arasambes. Und findest du nicht, daß deine erhitzte Phantasie arbeitet, dir jeden ihrer Vorzüge wie *unendlich* vorzustellen? Dünkt dich nicht ihre Schönheit schöner, als alles was die ganze Natur Reizendes hat? Dünkt dich nicht, als ob alles, was sie sagt oder tut, nicht besser gesagt und getan werden könne? Glaubst du nicht, auch wenn du von den geringsten ihrer Reizungen sprichst, von den kleinsten Grazien, die um ihre Lippen herum flattern, daß alles, was du sagen kannst, matt und unzulänglich sei, obgleich in deinen Ausdrücken die ganze Hitze der Liebe glühet?

Araspes. Ich gestehe dir dieses, Arasambes; und nichts als ihre ungewöhnliche Liebenswürdigkeit kann mich rechtfertigen. Du würdest sie so sehr bewundern als ich, wenn du sie gesehen hättest.

Arasambes. Und doch wird ein einziger Augenblick ruhiger Überlegung nicht zweifeln lassen, daß, wenn sie auch eine von den ätherischen Nymphen, von den rosenfarbenen Sylphiden wäre, von welchen unsere Dichter fabeln, dennoch alle ihre Vollkommenheiten mit Mängeln umgrenzt sein müssen, wofern es anders ein Vorrecht der obersten Gottheit ist, ohne Mängel zu sein.

Araspes. Wer wird hieran zweifeln? Ich will mit diesen feurigen Ausdrücken, die du mir beilegst, nichts andres sagen, als daß ihre Schönheit und Tugend solche Eindrücke auf mich macht, die ich mit keinen Worten würdig zu beschreiben vermag.

Arasambes. Du hast dich noch nicht heraus gewickelt, mein liebster Freund. Ist es nicht etwas Unbegreifliches, daß ihre mit Mängeln beschattete Vollkommenheit so starke Eindrücke auf dich macht, als ob sie unendlich wäre?

Araspes. Was kann ich sagen, Arasambes, als daß mein Gefühl deinen kalten Schlüssen widerspricht? – O Panthea! für *dich* sollte ich zu viel empfinden können? Kann ich denn meinen Empfindungen gebieten, wie stark sie sein sollen? Sind sie nicht die Stimme der unbetrügerischen Natur? Wenn Panthea mich anlächelt, so dünkt mich, es sei keine Schönheit, die mich ihrem Anschauen einen Augenblick entlocken könnte. Ihr Atem ist mir lieblicher als der ganze Frühling, den die arabischen Hügel ausduften; und es ist unmöglich, daß mich selbst die Harmonie der Sphären mehr bezaubern könnte, als ihre süße Stimme.

Arasambes. Ich glaube dir gern, daß du alles dieses empfindest! Aber die Folge, die du daraus ziehen willst, ist darum nicht richtiger. Es ist immer noch unaufgelöst, warum deine Empfindungen größer sind als ihr Gegenstand. O mein Freund! es ist etwas Geheimnisvolles in unsrer Natur, das sich vielleicht erst in einer noch unbekannten Zukunft enthüllet. Die Weisheit, der ich meine früheste Jugend widmete, die mit der Morgenröte mich weckte und in der stillen Nacht die Gespielin meiner Einsamkeit war, hat mir manchen kühnen Blick in das Heiligtum unsrer Seele und in das unsichtbare Reich der Geister erlaubt. Wenn sie mich nicht mit glänzenden Träumen getäuscht hat: so ist alles, was wir sehen, nur der Schatten dessen was *wahrhaftig* ist; so sind wir zu den erhabensten Hoffnungen berechtigt, und alle unsre Neigungen, alle unsre stolzen Arbeiten, sind die Frucht einer dunkeln Ahnung, daß wir für größere Gegenstände und Verrichtungen gemacht sind, als die, worauf uns diese irdische Sphäre einschränkt. Alles was wir bewundern und lieben, diese Pracht der Natur, diese Harmonie der Dinge, alles was wir edel und anständig und groß in menschlichen Sitten und Handlungen nennen, das alles sind nur mangelhafte Nachahmungen eines vollkommnen Urbildes, trübe Ausflüsse einer reinen Urquelle der Vollkommenheit, Ordnung und Schönheit, die wir mit andern Worten die oberste Gottheit, das Wesen der Wesen, die Seele der Welt und den König der Geister nennen. Die Blödigkeit unsers Verstandes erlaubt uns nur in dunkeln Bildern von dieser geheimnisreichen Sache zu reden. Wie wenn die Sonne sich auf den zitternden Wellen abbildet, oder wie sie allen sichtbaren Dingen ihr eignes holdes Licht und ihre tausendfältigen Farben mitteilet: so strahlet alles was ist, etwas Göttliches aus, und pranget mit einer Schönheit und Güte, die nicht sein eigen ist. Rührt nicht diese körperliche Welt, nur von dem letzten fast verloschnen Schimmer der Gottheit angestrahlt, unsre ganze Seele mit heiliger Bewunderung? Die gefühlte Gottheit ist es, was wir so sehr bewundern – was Myriaden höherer Geister, die weit über uns in jenen lichtquellenden Gestirnen wohnen, noch mehr als wir bewundern. Und vielleicht genoß unsere Seele, ehe sie in diesen irdischen Schlamm gestürzt ward, schon jenes höhern Lebens, pflegte mit Göttern Umgang, und brachte diesen unbegrenzten Hang zum Vollkommnen als ein Merkmal ihrer himmlischen Abkunft mit sich. Oder woher dieser stolze wunderbare Trieb nach dem Unendlichen, welchen doch unsre Schwäche zu verdammen scheint? Woher anders, als weil wir uns dunkel bewußt sind, – es mag nun entweder Wiedererinnerung oder weissagendes Vorgefühl sein – daß wir bestimmt sind, auf endlosen Stufen zu demjenigen hinauf zu klimmen, dessen nähere Gegenwart mit jeder Stufe neue Wunder, reineres Licht und göttlichere Szenen um sich her strahlet? Und können wir jetzt nicht auch jene nur scheinbare Ungereimtheit auflösen, die ich in deiner Liebe entdeckte? Unsere mit unendlicher Liebe befruchtete Seele, aber von Sinnlichkeit umnebelt, *irret* entweder im *Gegenstand* oder im *Maße* der Liebe. In allem was die Natur unsern Sinnen oder unserm Verstande darbeut, in der körperlichen und geistigen Schönheit, atmet etwas Göttliches; die angezogene Seele flattert ihm entgegen, von innrer Ahnung und Begierde beflügelt; und wenn tausend Lieblichkeiten, tausend mannigfaltige schwesterliche Schönheiten die betrügliche Vergötterung rechtfertigen, so träumt sie den wahren Gegenstand ihrer Sehnsucht gefunden zu haben, und ergießt ihre ganze Fülle von Liebe über ihn. Und wie könnte sie anders als lauter Entzückung sein, so lange der gefällige Irrtum währet? – Erlaube mir nun, Araspes, zu dieser Entdeckung eine Erinnerung hinzu zu tun. Du liebest die vortreffliche Panthea; die Weisheit selbst billigt deine Liebe: aber sie kann sie nicht billigen, wenn du nicht glauben willst, daß man selbst eine Panthea *zu viel* lieben könne. Hefte nicht eine Neigung, die so unbegrenzt ist als die Natur und ihr göttliches Urbild, auf einen einzelnen Gegenstand, wie schön er auch sein mag. Deine Freunde, dein Vaterland, und dieses grenzenlose Ganze, von dem wir Glieder sind, haben stärkere Ansprüche an deine Liebe, als das vollkommenste Weib. Und vor allen Dingen – darf ich es sagen ohne deinen Unwillen zu reizen? – glaube nicht, daß deine Freiheit bei einer solchen Reizung zu der einzigen Sklaverei, die uns angenehm ist, außer Gefahr sei!

Araspes. Es ist etwas in mir, das deinen Gedanken Beifall gibt und selbst deine Warnung billigt. Und doch empfinde ich ohne mein Wollen, daß mir die bloße Vermutung einer solchen Gefahr, wovor du mich warnest, unerträglich ist. Was für eine Gefahr kann da sein, wo Tugend und Weisheit mit der Schönheit und allen Grazien in vertraulicher Eintracht die gerechteste Liebe fordern?

Arasambes. Ehe du, vom Leib entfesselt, ganz *Seele* wirst und nur zu *Seele* dich näherst, schmeichle dir mit keiner Liebe, an die nicht auch der Leib seine Anforderungen mache. Der einzige Beweis, daß du von *ihrer* Tugend am meisten gerührt bist, wird dieser sein, wenn du *deine eigne* bewahrest.

Araspes. Ich danke dir, Arasambes! – Die Freundschaft gibt auch bittern Erinnerungen etwas von ihrer Süßigkeit. Laß es mir niemals an deinem leitenden Winke fehlen, und halte mich, wenn du mich auf schlüpfrigen Wegen gleiten siehst! – Aber unter diesen Gesprächen vergesse ich, die schöne Panthea der Unruhe zu entreißen, welche eure Ankunft erneuert hat. Vielleicht schärft mein langes Verweilen alle ihre erwachten Besorgnisse. Laß mich eilen, Arasambes, ihr liebendes Herz zu beruhigen – oder willst du ihr nicht lieber selbst die angenehme Botschaft bringen?

Arasambes. Eile du zu ihr, mein Freund. Mich nötigt gleichfalls die Liebe – zu einer Mutter zu eilen, die weder ihre grauen Haare noch mein dringendes Flehen zurück halten konnten, mich in dieses rauhe Lager und in die Gefahren und Abwechslungen des Kriegs zu begleiten. Ich sah sie nur einen Augenblick, um *dich* wieder zu umarmen. Nun fordert sie mich zurück. Ihr ehrwürdiges Antlitz, von mütterlicher Liebe glänzend, wird mir ein süßerer Anblick sein, als wenn die Göttin der Schönheit selbst mit allen ihren unverhüllten Reizungen vor meine Augen träte.

3
Araspes *allein*

Ich kann nicht begreifen, was diese Leute träumen, daß mich alle vor Gefahren warnen, die nirgends vorhanden sind. Wahrlich, wenn es gefährlich ist sie anzuschauen, und in ihrem Umgang die schnellen Stunden vorbei schlüpfen zu lassen, so ist es eine so süße Gefahr, daß sie viel eher reizen als erschrecken könnte, und die Natur hat unbesonnen eine so süße Wollust damit verbunden! – Aber diesen Leuten, deren weises Blut so gelassen durch die trägen Adern dahin schleicht, glühet jeder Affekt zu stark. Ihre eiskalte Fühllosigkeit soll das Maß unsrer Empfindungen sein; und weil ihre Nerven stumpf und unreizbar sind, wünschen sie sich selbst zu ihrer Weisheit Glück. Nach ihren Reden sollte man zum wenigsten glauben, Panthea atme Flammen aus, oder verwandle, gleich der Gorgone, den, der sie ansieht, in Stein! Nein! ich fürchte keine Gefahr, Panthea, so lange mein Herz deinen Wert empfinden kann. Was kann bei *dir* meine Tugend verlieren? Ein einziger deiner Blicke wäre genug, mich durch tausend Hindernisse und Gefahren zu jeder edlen Tat zu beflügeln. Dein Lächeln wäre mir die reichste Belohnung für herkulische Arbeiten, mehr als Kronen und Welten voll Sklaven der kleinen Seele des Eroberers! – Aber warum beschuldige ich meinen Freund? Er billigt, er rechtfertigt ja meine Liebe! – Wie könnt er anders? Was verdient unsre Liebe, wenn Weisheit, und gefälliger Witz, und zärtliche Güte, und harmonische Schönheit, und eine Anmut, die selbst die Ungestaltheit reizend machen kann, nur Gleichgültigkeit verdienen sollten? – Aber er befiehlt mir, die Hitze der heiligen Flamme zu mäßigen. Laß doch sehen, worin meine Liebe ihren Wert überwiegt! – Vielleicht hat die Schönheit mein Auge gegen ihre Fehler verblendet? Vielleicht wird der öftere Umgang mir irgend einen Mangel an Großmut, irgend einen Übelstand in ihrem Betragen, irgend ein Gebrechen ihrer Seele entdecken, das der täuschende Schein mir noch verborgen hat. – Ich verachte diesen unwürdigen Verdacht – aber ich bin mir selbst die Gerechtigkeit schuldig, meine Aufmerksamkeit zu verdoppeln. Mit Adlersblicken will ich ihre kleinsten Handlungen, ihre geheimsten Regungen auspähen: das wird die Bestätigung ihres unvergleichlichen Werts und der Triumph meiner Liebe sein! – Aber schon bin ich vor dem Eingang ihres Gezelts. Welch ein süßer Schauer durchwandelt mein ganzes Wesen, indem ich mich ihr nähere! – Melde mich, Pharnuchus, deiner Königin – mich dünkt, ich höre ihre Stimme, sie bespricht sich mit Mandanen – wie lieblich ist dieser halb zerfloßne Klang! So tönt von ferne dem Ohr des halb schlummernden Schäfers der Gesang der Nymphen, die mit verschlungnen Armen im sanften Mondschein tanzen.

4
Panthea. Mandane. Araspes

Panthea. Sage nichts mehr, Mandane! der nächste Augenblick wird mein Schicksal entscheiden. Meine Seele erwartet ihn getrost, und doch pocht dies ungehorsame Herz, mein Atem wird immer kürzer, und meine Lippen beben. – Hier kommt er. – Was bringst du uns für Nachrichten, Araspes?

Araspes. Laß dein holdseliges Antlitz in Freude ausstrahlen, meine Königin! Ich bringe die angenehmsten Nachrichten. *Abradates* ist frei, unbezwungen, und würdig dich zu besitzen, wofern es ein Sterblicher sein kann. Die Tugend erscheint nie in herrlicheren Triumph, als wenn sie selbst Feinden ein unverdächtiges Lob abnötiget.

Panthea. Ich fürchte mich beinahe deinen Worten zu glauben, so groß ist die Freude, zu der sie mich berechtigen. Ist er *gewiß* in Sicherheit? Von wem hast du die beglückende Botschaft?

Araspes. Von meinem Freunde, von einem würdigen Zeugen und Bewundrer der Tapferkeit des Königs von Susiane. Zweimal hat Abradates unser verfolgendes Heer mit unbezwingbarem Mut aufgehalten; zweimal hat seine heldenmäßige Schönheit die gezückten Arme unsrer Kriegsleute entnervet. Durch eine Flucht, die so ruhmwürdig ist als ein Sieg, ist er ihrer überlegnen Anzahl entgangen, und rüstet sich jetzt in Susa zu neuen Unternehmungen.

Panthea. O womit kann ich dir das erneuerte Leben vergelten, du edelmütiger Jüngling, das mir deine Botschaft wieder geschenkt hat? Wie kann eine arme Gefangene ihre Dankbarkeit zeigen, da sie selbst das ungewisse Leben, das sie atmet, der Gnade eines Gebieters danken muß? Zwar deine freudigen Blicke sagen mir, daß du an meinem Glück Anteil nimmst. Hierin ist schon Belohnung für den Großmütigen. Aber wenn der Himmel, der mir jetzt Hoffnung und Vertrauen zulächelt, mich jemals wieder zu meinem Gemahl bringt, und ein gewogneres Geschick über uns aufgehen heißt; so soll der Name Araspes oft auf unsern Lippen sein, und Abradates soll dem tugendvollen Jüngling den zweiten Platz in seinem Herzen geben, der in der Zeit meiner Erniedrigung mit so edelmütigem Eifer mein Tröster, mein Beschützer und mein Freund gewesen ist.

Araspes. O göttliche Panthea! du beklemmst mein Herz durch eine so unverdiente Güte. Was habe ich noch für dich tun können, das mit einem einzigen deiner Blicke nicht zu viel belohnt wäre? Ständ es in meiner Macht dich glücklich zu machen, o mit welcher glühenden Begierde würd ich einer solchen Ehre entgegen fliegen, die selbst mit meinem Leben zu wohlfeil erkauft wäre! Aber meine eigenen Empfindungen erinnern mich an das, was jetzt *Abradates* leiden muß. *Welch* ein Schmerz muß es sein, der jetzt an seinem Herzen naget! Die Freiheit selbst, von der das Leben allen seinen Wert empfängt, kann für ihn keinen Reiz haben, so lang er *dich* in fremder Gewalt lassen muß. Vielleicht besorgt er, dein Schicksal sei härter als es ist. O laß mich die Qual seiner liebenden Seele verkürzen! Laß mich zu ihm eilen, und ihm Nachricht geben daß du lebst, und daß dir als der Schwester, nicht als einer Sklavin des Cyrus begegnet wird.

Panthea. Diese menschenfreundliche Hitze gefällt mir. Aber sie macht dich vergessen, Araspes, daß die Befehle deines königlichen Freundes dich hier zurück halten, wenn ich auch gestatten könnte, daß du, aus allzu großmütiger Liebe zu einem dir fremden Manne, dich selbst den Gefahren der Reise aussetztest.

Araspes. Mein Freund Arasambes wird dich indessen meine Gegenwart nicht vermissen lassen; und ich bin gewiß, Cyrus würde mein Vorhaben billigen, wenn seine Entfernung mir erlaubte ihn zu befragen. Laß mich meinem Herzen folgen, schönste Panthea! laß mich das deinige erleichtern, indem ich deinem Gemahl die Ruhe wieder gebe, die ihm mit dir geraubt ist. Mich dünkt ich sehe ihn, wie der zärtlichste Kummer seine freie Stirne bewölkt und das heroische Feuer seiner Augen trübe macht. Ich sehe ihn traurig und ungeduldig in den verhaßten Zimmern seines Palasts umher irren, die mit Dir alle ihre Zierde verloren haben. Wo er hinblicke, dünkt ihn den Schatten seiner Panthea dahin schlüpfen zu sehen. Die liebeskranke Einbildung erhöht sein wirkliches Leiden durch erträumte Übel. Vielleicht glaubt er, du seiest im Tumulte der Eroberung von einer unmenschlichen Hand umgekommen; oder du schmachtest in der Gewalt eines Barbaren, der, fühllos für die höhere Schönheit der Tugend nur für das reizende Weib brennen kann. Selbst auf seinem einsamen Lager, wenn ein mitleidiger Schlummer seine Schmerzen einzuwiegen scheint, begegnet ihm in Träumen dein Bild, und zwingt Tränen aus seinen geschloßnen Augen; bald scheint dein Schatten, bleich und mit Blut befleckt, vor ihm vorüber zu gehen; oder er sieht dich in flehender Stellung, mit zerstreuten Haarlocken und glühendem Antlitz, in Tränen gebadet, zu den Füßen eines barbarischen Herren, der mit dem Dolch in der Hand von seiner allzu bezaubernden Gefangenen eine Liebe erzwingen will, die ihrem Abradates heilig ist. – O Panthea! ich fühle, wie ihn diese Besorgnisse martern, die der Traum zu Wirklichkeit erhebt, und deren bloße Möglichkeit die wachende Seele ängstigt. Kannst du mich zurück halten, seinem Herzen den Frieden und die süßeste Hoffnung zu bringen? Die Freundschaft wird mir Flügel ansetzen; der Weg nach Susa wird unter meinen Füßen verschwinden; ich werde –

Panthea. Selbst der unausgeführte Vorsatz verdient alle meine Erkenntlichkeit. Aber ich kann nicht einwilligen, daß du dich ohne Befehl deines Prinzen von hier entfernest. Die rührenden Bilder, womit du meine Tränen hervor gelockt hast, schweben nur allzu oft vor meiner Stirne. Bisher wartete ich nur auf eine sichere Nachricht von dem Aufenthalte meines Gemahls. Jetzt, da mich deine Sorgfalt hierüber beruhiget hat, fehlt es mir nicht an einem Mittel, den Endzweck deines freundschaftlichen Anerbietens zu erhalten, ohne daß du selbst mich verlassen müssest. Ich will ungesäumt an meinen

Gemahl schreiben, und, wenn du es erlaubst, soll einer meiner getreusten Sklaven der Bote sein. Das gleiche Blatt soll ihn mit der Nachricht von meiner Gesundheit, und mit dem Lobe des edelsten Freundes erfreuen, den jemals eine unglückliche Gefangene gefunden hat, ihres Kummers zu vergessen, und mitten in ihrem Unglück die Leitung einer mitleidigen Gottheit zu erkennen.

Araspes. O Schönste und Beste unter den Weibern! du legst meinen unbeträchtlichen Diensten einen allzu großen Wert bei! Niemals, ach niemals! werd ich mein Herz befriedigen können, das von allen Empfindungen überwallt, die deine Vortrefflichkeit in jeder tugendhaften Brust erschaffen muß! Nur das sympathetische Gefühl der Sorgen, die jetzt deinen Abradates bestürmen müssen, konnte mir einen Vorsatz eingeben, der mich von dir entfernt hätte. Ich gehe jetzt, um dich keinen Augenblick an der süßen Arbeit zu stören. So bald die morgende Sonne dich geweckt hat, will ich bereit sein deine ferneren Befehle zu empfangen.

5
Araspes *allein*

Was für eine Macht ist in den Blicken dieser Zaubrerin! Mit welcher Güte, mit welchem unwiderstehlichen Lächeln sah sie mich an! Nie sah ich so viel Zärtlichkeit in ihren Blicken. O, wie schlug mir das Herz vor trunkner Freude! Kaum konnte ich meine von selbst sich ausbreitenden Arme zurück halten, sie in feurig aufwallender Inbrunst an mein Herz zu drücken, und meine von Entzückung aufgesprungenen Lippen jedes Gefühl der dankbaren Seele ertönen zu lassen. Schon oft glaubte ich in ihrem Betragen Gleichgültigkeit, in ihren Blicken zu viel Kälte zu fühlen. Wie krümmte sich meine Seele unter dem Gedanken, daß ich nicht Wert genug besitze ihre Zärtlichkeit zu verdienen! Laß unsere Liebe noch so rein und edel sein, es ist doch Marter ungeliebt zu lieben. Nun ist diese Furcht verschwunden; lauter schmeichelnde Hoffnungen, in den goldnen Schimmer ihrer Blicke gekleidet, umflattern meine bezauberte Phantasie. Gewiß war Liebe in ihren Blicken, erhabne, unschuldsvolle Liebe, wie herab lächelnde Engel für Sterbliche empfinden. O meiner großmütigen Torheit! mich selbst aus ihrer Gegenwart verbannen zu wollen, um fremde Schmerzen zu stillen, die sich bald in vollerm Maß über mich selbst ergießen werden. Eitle, sinnlose, schimärische Großmut! Warum soll ich diesen Abradates mehr als mich selbst lieben? Ist es ein so kleines Glück um Panthea zu sein, daß ich so fertig war sie zu verlassen, mir selbst ganze Tage ihres süßen Umgangs zu stehlen? Und wofür? – Um die Zeit zu beschleunigen, welche sie ganz aus meinen Augen nehmen wird! Vergebens würde dann meine reuvolle Seele um einen einzigen der Augenblicke, die ich so verscherzt hätte, Welten dahin geben. – O wie hasse ich meine Unbesonnenheit! – Nur zu bald, ach! nur zu bald wird seine Glückseligkeit mich der Wonne berauben, die ich jetzt so wenig entbehren kann, als ich ohne zu atmen leben könnte! Was wird dann mein Schicksal sein, wenn Er, der glücklichste aller Menschen, in ihrer Umarmung jedes Leidens vergißt! wenn sein schmelzendes Herz vor sprachloser Entzückung an ihrem Herzen zerfließt! wenn paradiesische Tage einen Kreis um ihn her schließen, durch den kein Schmerz, keine Sorge, kein Wunsch dringen kann! – Ach! dann wird eine traurige Erinnerung und kummervolles Staunen alles sein, was mir übrig gelassen ist! – Zurück, meine Seele, von dieser schrecklichen Aussicht! Täusche dich selbst, so lang es möglich ist; vergälle nicht dein gegenwärtiges Glück mit quälenden Vorempfindungen. – Aber wie kann ich mir verbergen, daß dieses Glück nur ein süßer Traum ist? Vielleicht noch wenige Tage, so ist für mich keine Panthea mehr! Der bloße Gedanke hüllt mich in Finsternis, löscht die ganze Schöpfung vor mir aus. – Was ist für mich das Leben, wenn sich der Sonnenschein deiner Blicke zurück zieht? Welche Wildnis, welche menschenfeindliche Einöde wird dann für meinen verfinsterten Geist wild und einöde genug sein? Ja! in Wildnisse will ich fliehen, die nie ein menschlicher Fuß betreten hat, wo die Natur nie lächelte, wo alles tot um mich her ist, verlassen und einsam; es sei denn, daß in den schrecklichen Stunden der Mitternacht das blasse Gespenst eines Unglücklichen, den vor mir die Liebe hier verzehrt hat, bei mir vorüber rausche. Dort, wo von einem überhangenden Felsen die traurige Zypresse ihren Todesschatten auf mich herab wirft, dort will ich liegen, von den unbeweglichen Bildern meiner ehmaligen Wonne umgeben, wie ein Toter von starren Marmorbildern, die um sein Grabmahl versteinerte Tränen weinen. So will ich in stummer schwermütiger Entzückung der süßen Erinnerung jener Tage nachhangen, die mir wie schnelle Augenblicke in ihrem Umgang entschlüpften. Kein Gesichtszug, keine redende Gebärde, kein Blick, der aus ihrer Seele hervor brach, soll dem getreuen Bildnis fehlen, welches immer vor mir schweben wird. O die Zukunft kann mir nichts geben, wenn ich *deiner* beraubt bin! Wo *du* nicht bist, ist alles Einöde für mich; jeder Augenblick entweihet diese Augen, die gewohnt waren *dich* anzuschauen. Deiner beraubt – hinweg mit dem schwarzen Gedanken! zehnfacher Tod ist in ihm! Der Frühling meiner Liebe ist noch zu zart seinen Anhauch zu ertragen. – Komm, komm du holder Genius der Liebe, sinke herab auf umduftenden Wolken, und wehe mir Trost und erquickende Hoffnung zu! Bring sanftere Gedanken, frohe Erwartungen und gefällige Träume mit dir, die fiebrische Hitze der kranken Seele abzukühlen, und die wilde Ungeduld in Ruhe einzuwiegen. Nur die Liebe kann die Wunden heilen, die sie geschlagen hat. O Panthea, ein einziger deiner milden Blicke kann es! Von dir geliebt kann ich nicht unglücklich sein, obgleich von dir getrennt. – Wie verschmähe ich jetzt den romantischen Unsinn, den meine aufwallende Hitze ausschäumte! – Wohin war ich verirrt! Ich erröte vor mir selbst, daß mein edleres Herz nur einen Augenblick zu einer so zaghaften Feigheit herab sinken konnte. – Soll ich mich darüber in Verzweiflung verlieren, wenn das würdigste Paar, das die Liebe jemals vereinigt hat, wieder glücklich ist? wenn Panthea glücklich ist, für die ich jeder Gestalt des Todes entgegen eilen würde? Ist die Freundschaft, die sie mir gewidmet hat, von so geringem Wert, daß sie mir noch einen gerechten Wunsch übrig lassen kann? Oder bist du fähig, meine Seele, den Glücklichen zu beneiden, dem allein erlaubt ist, in ihren keuschen Armen das ganze Glück einer geheiligten Liebe zu empfinden? Wer ist dessen würdig, wenn es nicht Abradates ist? – Nein, Panthea, so tief soll deine Schönheit mich nicht erniedrigen! Ich bewundere deine Gestalt, und liebe deine Seele. Dies würde ein Engel tun, der dich erblickte! O du bist so vortrefflich, daß Cyrus selbst mir vielleicht vergeben würde, wenn der Gedanke von dir entfernt zu werden, mit allen seinen Schrecknissen umringt, etliche Augenblicke meinen Mut zu Boden schlüge. Aber jetzt soll sich meine Tugend zu einer großen Tat rüsten; zu einer größern Tat, als wenn eine gefesselte Welt an den Rädern meines Siegeswagens rollte! – Deine Liebe, göttliche Panthea, soll mein eigenes Selbst verzehren; ich will mich im Anblick *deiner* Glückseligkeit für glücklich halten! Ich will so eifrig, als ob es für mich selbst wäre, für deinen Abradates arbeiten! Diese Hand soll ihm ein Kleinod wieder geben, das allen Preis übersteigt, wenn gleich jedes Sandkorn am Meer eine goldene Welt würde es zu erkaufen. Wenn sie dann beim entzückten Wiedersehen das Herz des geliebten Mannes an ihre hüpfende Brust drückt; dann soll mein Geist in stillem Triumph über ihnen schweben, und von sympathetischer Freude ergriffen seiner eigenen Wünsche vergessen!

Dritte Abteilung

1
Panthea. Mandane

Panthea. Sage mir offenherzig, Mandane, was meinst du mit dieser geheimnisreichen Art, womit du von der Krankheit unsers Freundes Araspes redest? Was wollen diese bedeutenden Blicke? Was sagt die errötende Wange?

Mandane. Teure Königin, wenn mich nicht Zeichen und Anscheinungen täuschen, so ist Araspes weder des geheiligten Namens, den du ihm gibst, noch dieser zärtlichen mitleidigen Sorgfalt würdig, die du an seine vielleicht nur geheuchelte Krankheit verschwendest.

Panthea. Und was könnte ihn denn bewegen sich krank zu stellen?

Mandane. Meine teure Gebieterin, ich wundere mich nicht, daß Argwohn einem Herzen wie das deinige fremd ist – aber – ich habe Ursache zu glauben, Araspes sei der großmütige Freund nicht, der er zu sein vorgibt. Vielleicht ist es nur eine schöne Larve, in die er sich verhüllt, um sich unvermerkt in dein Herz einzustehlen.

Panthea. Halt ein, Mandane! Welch ein schwarzer Verdacht befleckt deine reine Seele! – Was kannst du an Araspes entdeckt haben, das die angeborne Tugend verleugne, die sein ganzes Betragen regiert? Er müßte ein Ungeheuer sein, und die Natur müßte mit ihm eins geworden sein uns zu betrügen, wenn unter seiner edlen kunstlosen Miene Verstellung, und unter seinen honigfließenden Worten irgend ein schlimmes Vorhaben lauern könnte.

Mandane. Es ist wahr, Araspes ist schön, nur zu schön, um die Augen eines gewöhnlichen Weibes zu blenden. Selbst die meinigen, obgleich das Alter mir jede Schönheit in matterm Lichte zeigt, verweilen mit Vergnügen auf ihm; mit unschädlichem Vergnügen; denn mein Herz hat lange die hüpfenden Schläge verlernt, womit ein jugendlicher Busen den Eindruck verrät, den die aufblühende Schönheit des Jünglings, von Stärke und feurigem Mut erhöht, auf ein unbesonnenes Mädchen macht. Aber Schönheit und Güte sind bei diesem arglistigen Geschlechte selten verschwistert.

Panthea. Meine liebe Mandane, wozu sollen mich alle diese Vorreden vorbereiten?

Mandane. Zu etwas, das deine Wangen mit zürnender Röte bedecken wird. Ich habe Ursachen zu vermuten, daß deine schuldlose Schönheit eine strafbare Flamme in dem Herzen dieses Jünglings angezündet habe.

Panthea. Und wie hast du diese Entdeckung gemacht, Mandane?

Mandane. Schon seit etlichen Tagen bemerkte ich eine übel zurück gehaltene Unruhe in seinen düstern Blicken, die irgend ein böses Bewußtsein zu verraten schienen. Umsonst zwang er seine Miene in unwilliges Lächeln. Oft, wenn du es nicht gewahr wurdest, hing er mit so scharfen lüsternen Blicken an dir, als ob er etwas von dir abätzen wollte; und dann flüsterte ein halb unterdrückter Seufzer die geheimen Wünsche seiner Seele.

Panthea. Ich bemerkte wohl eine ungewohnte Dunkelheit in seinen Mienen. Aber wo lebt der Weise oder der Glückliche, der in allen Abwechslungen und Zufällen dieses Lebens immer ein unbewölktes Antlitz zeigen könnte? Sollte die Tugend keine Sorge haben? Sie hat die meisten! Denn sie macht uns empfindlicher für andere als für uns selbst; sie vermindert zwar unsre eigenen Übel, aber dafür belastet sie uns mit fremden Leiden und der allgemeinen Not des menschlichen Geschlechtes. Vielleicht sind es Leiden von einer edeln Art, die das Angesicht unseres Freundes verdunkeln.

Mandane. Wie ich sagte, meine Tochter, die Güte deines Herzens macht dich ungeneigt, von andern Böses zu vermuten. Aber glaube mir, es ist nicht allemal *Mangel* an Güte, wenn wir dem Menschen, dem fehlerhaftesten und unbeständigsten aller Geschöpfe, Böses zutrauen. Ein langer Umgang mit der Welt zwingt die redlichsten Gemüter zum Mißtrauen, wie fremd es auch ihrer Natur ist, und begabt uns mit einer Art von geheimer Auslegungskunst, welche die Herzen der Menschen vor uns entziffert, und aus gewissen Anscheinungen ihre verborgnen Bewegungen, ihre aufsteigenden Leidenschaften und den zukünftigen Sturm mit besserm Grunde vorher sagen lehrt, als die Magier aus der Ordnung der Gestirne, die auf unsere Geburtsstunde herab geleuchtet haben, die mannigfaltigen Szenen unsers Lebens weissagen. Aber was ich dir von Araspes sagte, ist mehr als Mutmaßung. Gestern in der mitternächtlichen Stunde hört ich ihn, da er sich allein glaubte, laute Gespräche mit sich selbst führen. Seine Seele schien in einem heftigen innerlichen Aufruhr, ungewiß auf welche Seite sie sich schlagen sollte. Ich war nicht nahe genug, alle Worte zu verstehen, die in ungestümer Verwirrung von seinen Lippen stürzten: ich hörte nur, daß er die Namen Panthea und Abradates zu wiederholten Malen ausrief, und über die Unmöglichkeit klagte, seine strafbare Leidenschaft, die er Liebe nannte, zu vergnügen. Hätte ich nicht von ungefähr diese Entdeckung gemacht, so würde ich wie du, meine Königin, der geheimen Schwermut, die schon etliche Tage um seine Stirne hängt, eine edlere, obgleich uns unbekannte Ursache geliehen haben. Allein er hat sich selbst verraten, und *ich* hätte die Liebe zu meiner Panthea und meine Pflicht verraten müssen, wenn ich dir etwas verhelt hätte, das dich so nahe angeht, und die vorsichtige Klugheit deines eigenen Betragens verdoppeln wird.

Panthea. Ich danke deiner allezeit sorgfältigen Treue, meine mütterliche Freundin. Aber ich kann den Gedanken nicht unterdrücken, daß dich vielleicht ein Traum oder irgend ein übel gesinnter Dämon mit einem eiteln Geflüster verworrner Stimmen getäuscht habe, die der Stimme des Araspes nachäfften; wo nicht, so kann doch seine edel gesinnte Seele keiner niederträchtigen Bosheit schuldig sein. Die Liebe zur Tugend schützt nicht allemal vor der Gewalt der Leidenschaften. Auch heroische Seelen haben eine verletzliche Seite. Die Schwachheit eines Menschen, den ich meiner Freundschaft würdig gefunden, soll keine Änderung in meinem Herzen machen, als meine übrigen gerechten Empfindungen mit zärtlichem Mitleiden zu vermehren.

Mandane. Ich überlasse dich ohne Sorge deiner Klugheit. Aber vergib mir, meine teuerste Panthea, wenn ich einige Verwunderung über die Gleichgültigkeit bezeige, womit du die Nachricht von der schändlichen Leidenschaft eines unbesonnenen Jünglings aufnimmst, der in bessern Zeiten sich nicht hätte unterstehen dürfen, die Augen zu der Gemahlin des Abradates aufzuheben.

Panthea. Du wirst dich nicht betrogen finden, Mandane, wenn du mich hierin ohne Sorge meinem Herzen überlässest. Kennte ich nicht die Güte des deinigen, so würde mich die Verwunderung, von der du redest, befremden. Hast du jemals diese rauschende Tugend an mir gekannt, die mit ihren eigenen Taten, oder vielleicht nur mit dem, was sie sich *einbildet* tun zu können, wie mit einem Raube pranget, und jede Schwachheit anderer Menschen im Triumph aufführt? Wenn sich, wie du sagst, eine solche Leidenschaft der Seele dieses edeln Jünglings bemächtiget hat, so ist er gestraft genug! Es würde zu viel sein, wenn die Freundschaft ihm auch noch ihren heilenden Balsam entziehen wollte. Er hat um Erlaubnis bitten lassen mich zu sehen. Gehe, Mandane, sie ihm zu bringen. Er selbst soll mir die Ursache seiner Schwermut entdecken, und die Freundschaft soll ihre besten Versuche tun, sie zu heilen.

2
Mandane *allein*

O Panthea, bisher ist der reine Spiegel des saphirnen Himmels nicht unbefleckter gewesen als deine Tugend! Die niedrigste Bosheit durfte sich nicht erfrechen, deinen Ruhm nur mit dem Schatten eines Argwohns zu beflecken! – Ich sehe noch jetzt, so lebhaft als ob jede Szene vor mir stände, wie du dich von der zarten Knospe bis zu dieser vollen Blüte entfaltet hast. Ich sehe dich noch, in lächelnder Rosenfarbe glühend, meine mütterliche Brust umscherzen! Schon damals weissagte, wer dich sah, deinem Geschlechte das vollkommenste Weib. Wie frühzeitig kam jede deiner Seele angeborne Schönheit unserm pflegenden Fleiße zuvor! Deine Neigungen bildeten sich ohne Mühe in freiwillige Tugenden aus. Jede Gottheit schien sich gefallen zu haben, dich mit ihrer eigenen Gabe auszuschmücken. Untadelig war deine Unschuld, gefällig deine Tugend, und deine Zärtlichkeit keusch. Und sollte es möglich sein, daß eine solche Vortrefflichkeit – daß eine Panthea – ich zittre, den grausamen Gedanken fortzusetzen. Nein, es ist unmöglich! Mein allzu zärtlicher Eifer für ihren Ruhm wird ungerecht. Sie, die beste der Frauen, das Weib eines Abradates, kann nicht so schwach sein. – Aber wer rauscht dort gegen mich her? Mich dünkt, es ist der Freund des unbesonnenen Jünglings – ich will ihn anreden!

3
Arasambes. Mandane

Mandane. Irre ich mich, Arasambes, oder willst du deinen Freund besuchen?

Arasambes. Eben zu ihm wollte ich, ehrwürdige Mandane!

Mandane. Du wirst berichtet sein, daß er sich übel befinde?

Arasambes. So sagte mir einer seiner Sklaven, und mich deucht, ich wollte fast erraten, daß er sich besser befände, wenn deine Gebieterin weniger reizend –

Mandane. Oder weniger tugendhaft wäre. – Höre, Arasambes! Eine gleich zärtliche Freundschaft verbindet mich mit Panthea, dich mit Araspes. Dieses Verhältnis berechtigt mich deinen Beistand zu erbitten; denn wenn jemand vermögend ist, ihn auf den rechten Weg zurück zu lenken, so ist es Arasambes, von dessen Weisheit er die höchste Meinung hat, die ein Sterblicher verdienen kann. Gefällt es dir, so wollen wir unter jenem Gang von Palmen unsere Gedanken über diese Sache gegen einander auswechseln.

Arasambes. Wie es dir beliebt, Mandane! Es verlangt mich selbst, dir meine Gedanken über einen Zufall zu eröffnen, der mich für Panthea und Araspes gleich bekümmert macht. Ich verehre in Panthea die Tugend, die ich in Araspes bedaure. Die Gefahr war allzu groß, allzu reizend, und ganz allein auf seiner Seite. Wie leicht ist der Übergang von freundschaftlicher Liebe zur Leidenschaft, wenn der Gegenstand eine Panthea ist! Gewiß! er verdient unser Mitleiden und allen Beistand, den die Freundschaft seiner kranken Seele gewähren kann.

4
Araspes *allein*

O Cyrus, Cyrus! du kanntest mich besser als ich selbst. Meine törichte Vermessenheit verachtete deine Warnungen – Ach! nun bist du strenger gerochen, als mein bitterster Feind wünschen könnte. Umsonst streite ich wider eine Leidenschaft, an der die Vernunft selbst nur das Übermaß tadeln darf. Aber wer kann eine Panthea lieben ohne ihren Besitz zu wünschen? – Und ohne einen Strahl von

Hoffnung zu lieben! – Ach! meine ganze Natur erschüttert unter dieser entsetzlichen Vorstellung. Alle Ruhe ist aus meinem Herzen gewichen; alle blühende Hoffnungen meines Lebens sind dahin! Was ist aus dir geworden, meine Seele? Ein Spiel fieberischer Träume; ein Ball, von streitenden Leidenschaften hin und her geschlagen; ein Nachen, den der brausende Orkan und die schäumende Wut der Wogen bald an die Wolken schleudert, bald in schwindlige Tiefen hinab stürzt! Wie bin ich unter mich selbst hinab gesunken! Wo ist mein Stolz? Wo ist der vermessene Geist, der seiner Stärke so gewiß war? Armer Phaethon! Die wilden flammenhauchenden Rosse schleppen dich unaufhaltbar fort durch Wildnisse von regellosen Träumen, von Begierde zu Begierde, von Unsinn zu Unsinn! – Allzu reizende Panthea! Ist es *dazu* gekommen, daß ich wünschen muß, dich nie gesehen zu haben? – Verflucht sei dieser Wunsch! Laß mich dich nur noch einmal sehen, und zu deinen Füßen meine Seele aushauchen! – O meine sterbende Tugend, raffe alle deine zerstreuten Kräfte zusammen, dies allzu schwache Herz vor der Tyrannei seiner Begierden zu schützen. Jetzt ist es noch Zeit den größten der Siege zu erstreiten. – Elender! wen rufest du zu Hülfe? Wo ist deine Tugend? Wo ist die Weisheit, die ehmals mitten in meiner Seele ihren strahlenden Thron aufgerichtet hatte? Ach! sie ist herab gestürzt; alles ist Aufruhr; die fieberische Wut meiner Lebensgeister ist ein schwaches Bild des gesetzlosen Sturms, der in meinem Innern tobt.

O wer bringt mich in den kühlen Hain, wo aromatische Myrten über den murmelnden Brunnquell sich wölben, und freundliche Zephyrn, über die Violenbank daher schwebend, meiner lechzenden Brust Erquickung zufächeln! – Ja, ich will diesen verhaßten Kerker fliehen; in deinen Schoß will ich fliehen, stille Natur! Ich will deinen Atem, die frische blumige Luft einziehen, und in deinen mitleidigen Schatten ungetadelt meine Tränen mit der weinenden Quelle vermischen. Dort klagt die zärtliche Nachtigall ihren Gatten, dort seufzen sympathetische Weste mit mir! Vielleicht daß dann die himmlische Tugend die Gestalt der Beherrscherin meines Herzens annimmt, mich mit schützenden Armen zu umfassen, und süße Ruhe in mein leidendes Herz zu gießen. – Eile, mein Fuß! – O gesegnet sei mir dieser heitre umwölbende Himmel, und du, balsamisches Sonnenlicht! Schon fühle ich deine heilende Kraft durch meine besänftigten Adern rinnen. –

Aber sehe ich nicht hier meinen Arasambes? Ja er ist es! – O mein Freund! eine geneigte Gottheit hat in dieser Stunde deine Tritte hierher geleitet!

5
Arasambes. Araspes

Arasambes. Wem sollt ich die ersten Augenblicke, die wieder mein eigen sind, widmen, als meinem Freunde? – Aber, mein liebster Araspes, wie sehr haben diese wenigen Tage dich verändert! Woher diese Blässe, mit plötzlich auflodernder Röte abgewechselt? diese verdunkelten Augen, dieser seufzende Ton der Stimme? – Ganz anders glänzte dein Gesicht, als wir neulich mit Panthea die Gegenden dieses Schlosses besahen, in welches die Sorgfalt des Cyrus sie zu bringen befahl. Der blumige Mai ist nicht fröhlicher, als ich dich damals sah. Ist Liebe die Quelle dieser schleunigen Veränderung, so grenzt ihre Lust allzu nahe an den Schmerz.

Araspes. O mein Arasambes! – Kannst du mit meiner Schwachheit Mitleiden haben? – Verachtest du mich nicht? Deine Verachtung würde mein Elend vollkommen machen. Ich erröte vor deinen Blicken; aber glaube mir, ich errötete schon zuvor vor mir selbst. Ach! ich bin überwältiget! So viel Schönheit, so viel Güte, so viel herzbezwingende Holdseligkeit, waren mehr als mein allzu zärtliches Herz ertragen konnte. Vielleicht verdient meine Schwachheit Verachtung. Ich hielt mich einst unfähig, in den Fesseln eines Weibes zu liegen, und wenn sie eine himmlische Göttin wäre; ich trotzte auf meine Stärke – dies rechtfertigt deinen Spott. Aber, o schone deines leidenden Freundes, Arasambes! Ich bin ganz verloren, wenn diese unselige Liebe, die mir meine Freiheit, meine Ruhe, den Beifall meines eigenen Herzens, und warum nicht auch dieses unwürdige schmachtende Leben? raubt, – wenn sie mir auch noch deine Freundschaft rauben würde!

Arasambes. Laß diese Tränen von der Zärtlichkeit zeugen, mit der ich dein Leiden empfinde. – Ich sollte dich verachten können? Verbanne einen so niedrigen Gedanken! Nein, du edler Jüngling! ich liebe dich, mehr als jemals liebe ich dich! – Fasse Mut, Araspes!

Der Tugendhafte wird nicht eher über alle Leidenschaften erhaben, bis er auch über jene Wolken empor steigt, und seine angeborne Luft atmet. Große Seelen wallen auch in große Leidenschaften auf. – Aber nie soll es zur Schande der Tugend gesagt werden, daß sie sich ganz überwinden, und gefesselt hinter dem Triumphwagen des Lasters nachschleppen lassen!

Araspes. Ich liebe die Tugend, Arasambes! Ich fühl es in diesem Augenblicke daß ich sie liebe! Aber ach! sie ist unvermögend mich zu schützen! Meine Seele ist nicht mehr mein. Sie ist ein Sammelplatz schrecklicher Phantomen und stürmischer Begierden, unter deren grimmigem Streit meine Ruhe zertrümmert ist. – Glaube nicht, daß ich wehrlos meine Freiheit dahin gegeben habe. Aber es war zu spät als ich zu kämpfen anfing. Allzu lange hatte ich das süße Gift eingesogen; da ich seine Wirkung fühlte, hatte es schon mein ganzes Wesen durchdrungen. Alles was ich noch tun konnte, war, mich selbst zu beklagen; und eitle Entschließungen zu fassen, die ein einziger ihrer Blicke wieder zernichtete. Und doch weiß sie nichts von meiner Leidenschaft; nie haben meine Lippen das nagende Geheimnis meines Herzens verraten; dies ist alle Gewalt, die mir über mich selbst übrig geblieben ist. Aber ach! meine Blicke, meine Unruhe, meine übel verhaltnen Seufzer hätten mich längst verraten, wenn ihre eigne Unschuld nur die schwächste Vermutung meiner Torheit gestattete. – Die Fröhlichkeit, die du jüngst an mir sahest, war die wurmstichige Frucht einer eiteln Hoffnung, der eingebildeten Aussicht in glückliche Tage, die ich in dieser schönen Einsamkeit mit Panthea zu leben meinte. Wie bald welkte diese hinfällige Freude weg! Je öfter ich sie sah; je vertraulicher der Zutritt war, den sie mir erlaubte; je mehr die Güte ihres allezeit offnen Herzens, dessen sich selbst bewußte Unschuld alle Zurückhaltung verachtet, meiner Liebe mit der voreiligen Hoffnung, wieder geliebt zu werden, zu schmeicheln schien: – desto schneller wuchsen diese Begierden, die anfangs so verschämt, so leise ihre allzu kühnen Wünsche lispelten. Ich verbarg es mir nun selbst nicht mehr (wie konnt ich?), daß meine Liebe sich mit nichts wenigerm als dem völligen Genuß befriedigen könnte. Ich erschrak vor der Entdeckung; und doch zerfloß meine ganze Seele in Sehnsucht, und billigte ingeheim die Begierden, die vor der Tugend sich verbergen mußten. Ach! welch ein gewaltiger Kampf von Leidenschaft und Pflicht,

Vernunft und Liebe, hat seitdem meine Brust zerrüttet! Was ist das Getümmel fallender Welten und das Brüllen des Chaos gegen den einheimischen Krieg einer Seele, die mit ihrer ganzen furchtbaren Macht auf sich selbst losstürmt! Eine brennende Seele – o Arasambes, wären ihre Kräfte nicht durch den Leib eingeschränkt, sie würde, wütender als ein zügelloser Komet, alle Elemente in ihren Streit verwickeln, und diesen göttlichen Bau harmonischer Sphären rings um sich her zu Staub zertrümmern!

Arasambes. Ich bedaure meinen Freund, ich beweine seine Schmerzen, und noch mehr seine Tugend, die am schwindligen Rande des tiefsten Falles schwankt. Aber ich wäre nicht dein Freund, wenn ich mich begnügte meine Klagen mit den deinigen zu vermischen. O laß mich dich bitten, laß mich dich beschwören, daß du dich nicht selbst verloren gebest, so lange der ruhmwürdige Sieg noch in deiner Gewalt ist. Liebst du wirklich die Tugend, wie ich weiß daß du sie liebst, so ist der Sieg unser! Fasse nur einen standhaften Entschluß. Keine Macht, kein Gott, selbst nicht der Unnennbare, dessen allmächtiger Finger die unermeßliche Schöpfung bewegt, ist vermögend den Willen eines denkenden Wesens zu zwingen. Aber wenn du selbst heimlich deine Niederlage wünschest, wenn du dein williges Ohr der Sirenenstimme entgegen reckest die dich zu einem wollüstigen Verderben einladet, so ist deine Tugend schon verraten. Und was wäre Araspes, wenn er seine Tugend überlebt hätte?

Araspes. Ein Unglücklicher, dem nichts übrig gelassen ist, als zu sterben! Ach Arasambes! wie soll ich die Augen zu dir aufheben? Aber ich will dir nichts verhehlen. So unglücklich mich die Liebe macht, so ist es mir doch unmöglich *nicht* zu lieben. Ich fühle die ganze Schwere meiner Ketten, und doch wünsche ich nicht frei zu sein. Ich weiß selbst nicht was ich wünsche. Ich verdamme in jedem Augenblicke den Wunsch des vorigen. – Was redest du mir von standhaften Entschlüssen? Ach mein Freund, du hast vergessen, daß ich nicht mehr Araspes bin. Was vermag der Steuermann, wenn der unbändige Sturm mit tausend Donnern daher rauscht, und das mastlose Schiff durch stürzende Wassergebirge wälzt? – Ich finde keine Bilder stark genug, dir die Gestalt meines inwendigen Zustandes begreiflich zu machen! Glückseliger, daß du keine Erfahrung von dem, was ich leide, hast! Bald ist mein ganzes Wesen nur

Liebe, von glühender Sehnsucht und reizenden Hoffnungen aufgeschwellt; bald, wenn die kurze Bezauberung verschwindet, entbrenne ich in ohnmächtigem Zorn wider mein Schicksal, und sinke vom Kampf mit dem Himmel zu winselnder Verzweiflung herab: bald ist meine ganze Seele in Panthea entzückt; bald verwünsche ich Panthea, die Welt und mich selbst. Umsonst hoffe ich vom mitternächtlichen Lager eine kurze Rast; umsonst rufe ich dem erquickenden Schlaf! oder wenn er mich zu erhören scheint, so ängstigt er mich durch fürchterliche Träume, oder spottet gar meines Elends mit reizenden Bildern einer Glückseligkeit, die mir niemals, ach niemals! nur zu wünschen erlaubt ist. Ich wandle dann in elysischen Auen, wo alle Gegenstände Liebe und Fröhlichkeit hauchen; dann steigt Amor auf einer Wolke von Seufzern der Verliebten herab, unsterbliche Rosen duften um seine gelben Locken, die ganze Natur hüpft bei seinem Anblick in Entzückung auf; schmeichelnd nimmt er meine Hand, und führt mich durch Myrtengänge in die Laube von Schasmin, wo Panthea gleich einer müden Waldnymphe schlummert. Indem ich mit stummer Entzückung sie betrachte, erwacht sie, und streckt mit süßem einladendem Lächeln ihre willigen Arme nach mir aus. – Plötzlich verwandelt sich der treulose Traum. Eine unsichtbare Gestalt reißt sie von mir weg; keuchend eil ich ihr nach; fürchterliche Wildnisse, schroffe Felsen und jähe Abgründe eröffnen sich vor mir; eine siebenfache Nacht umzieht den Himmel, mit feurigen Wolken durchkreuzt; sie flieht umsonst und ringt zurück schauend ihre um Hülfe bittenden Arme gegen mich; ein Regen von Flammen stürzt auf sie herab, und verzehrt sie vor meinen verzweifelnden Augen zu Asche! – Oder mich dünkt, ich sehe den Abradates von Cyrus geführt herbei kommen; ich stehe von fern, und sehe der sprachlosen Umarmung der Liebenden zu; tausend Furien zerreißen mein Herz bei diesem Anblick; meine Seele wälzt sich in wilden Gedanken, indem der ohnmächtige Zorn meinen Arm entnervt. – Dann dünkt mich, ich sehe den Wagen der Liebesgöttin auf rosenfarbnen Wolken herab steigen, das liebende Paar aufzunehmen; girrende Tauben ziehen ihn, und Schwanen, deren Gesang weit umher die ambrosische Luft bezaubert. Plötzlich schweben sie, von tausend Liebesgöttern umflattert, aus meinen Augen hinweg, indem ich einsam, gleich dem steinernen Bilde der Verzweiflung, am Boden angefesselt stehe, und dem schwachen Reste von Empfindung fluche, der noch in meinen Adern glimmt.

So raubt mir die innerliche Zerrüttung meiner Seele selbst das schwache vorüber gehende Labsal, welches die Natur den Unglücklichsten erlaubt, das süße Vergessen unsers Elends, das wenigstens einen Teil unsers Lebens dem nagenden Kummer entreißt. – Ach! ich bin unglücklich, mein Freund! so unglücklich, daß alles, was ich dir gesagt habe, nur einen kleinen Teil meiner Leiden umfaßt. O diese fatale Leidenschaft hat mich betrogen! Rette mich, Arasambes, rette deinen Freund von der Liebe und von sich selbst!

Arasambes. Du allein kannst dich retten, Araspes! Ich sehe nur ein einziges Mittel, und das ist in deiner Gewalt. Eine Liebe, wie die deinige, kann nur durch *Fliehen* besiegt werden. Es ist vergeblich, mit einem Gegner zu kämpfen, dessen Wunden Vergnügen machen. Fliehe, fliehe, mein Freund! fliehe diese allzu reizende Schöne. So bald du von ihren Augen entfernt bist, wird die ungenährte Flamme sich selbst verzehren, die jetzt deine Seele ausdörrt, und die Blüte deines Lebens zu verzehren droht.

Araspes. Was verlangst du von mir, grausamer Freund? Ich soll von Panthea fliehen? soll mich selbst aus ihren Augen verbannen? gleich als ob der schwarze Tag nicht schnell genug daher rauschte, der sie mir auf ewig entreißen wird! O nenne dies entsetzliche Mittel nicht mehr, das viel ärger ist als das Übel, wovon du mich befreien willst. Ihr bloßer Anblick, ach! ihr bloßes Angedenken, ihr Schatten ist genug meine Schmerzen zu versüßen. Es ist Wonne, sie sogar hoffnungslos zu lieben. Lehre mich, wie meine Seele von sich selbst scheiden kann, so will ich deinem Rate folgen. O sie ist die Seele meiner Seele; ihr Blick, ihr Lächeln ist meinem Herzen was die Frühlingssonne den Blumen, was die tauende Morgenröte dem welken Grase, was die kühle Quelle dem lechzenden Wandrer. O Panthea, du bessere Hälfte meiner selbst, wie könnt ich von dir scheiden? Dich fliehen? *Warum* sollt ich dich fliehen? Du bist ja keine Schlange, die unter dem Glanze der goldgeflecten Haut tödliches Gift verbirgt. Du bist ganz Unschuld und Güte. Ach! was sind die Schmerzen, die du unwissend mir machst, gegen den Verlust deiner Gegenwart? In dem bloßen Gedanken dich zu verlieren ist etwas das an Vernichtung grenzt. Aber Wonne ist in dem süßen Gedanken, daß eben dieselben Mauern Panthea und mich einschließen; daß uns derselbe Himmel umfließt; daß sie vielleicht diese Luft geatmet hat, die ich in diesem Augenblick einziehe! Welche sanfte lindernde Kraft in der Hoffnung, daß ihr Herz nicht für Abradates allein zärtlich ist! daß ihr mildes Auge vielleicht auch für den unglücklichen Araspes eine stille Träne weint! – Keine so ungütigen Blicke, Arasambes! Verachte meine Schwachheit nicht, wenn es Schwachheit sein kann, diese unvergleichliche Schöne zu lieben. Überlaß mich lieber meinen Schmerzen, wenn du sie nur durch den Tod heilen kannst.

Arasambes. Ist es mein Araspes den ich höre? – Nein, so tief kann die Seele meines Araspes nicht herab sinken! – Angenehme Täuschung! warum kann ich dich nicht unterhalten? Aber ach! wie kann ich mir verbergen, daß es mein Freund, daß es Araspes ist, den alle seine Stärke, alle seine Tugend, alle die männliche Entschlossenheit, die ihn ehmals unter den Jünglingen erhob, so sehr verlassen hat, daß er zu den Füßen eines Weibes schmachtet, und die Pein, die sie ihm verursacht, noch für Glückseligkeit nimmt? Wo sind nun jene Aussichten in ehrenvolle Tage? Wo die Unternehmungen, die deine von jeder Tugend befruchtete Seele versprach, und die nur auf Gelegenheit warteten, um zu großen Taten empor zu wachsen? Ist Cyrus vergessen? der Gespiele, der Freund deiner Jugend, mit dem du die ersten Lorbeern gesammelt hast, die jetzt unter der Glut einer törichten Liebe welken? Ist das große Vorhaben vergessen, zu welchem ihn dein Geist und dein mutiger Arm begleiten wollte? Das glorreiche Vorhaben, eine barbarische Welt umzuschaffen, gesetzlose Horden zu Menschen zu adeln, oder üppige Völker, von der glühenden Sonne und von träger Wollust entnervt, mit neuen Gefühlen von Ehre zu begeistern, und in diesen morgenländischen Provinzen ein Reich aufzurichten, dessen majestätische Größe den Erdboden in Ehrfurcht halten, und dem Frieden mit den Künsten des Friedens eine bleibende Wohnung bei den Sterblichen verschaffen sollte? – Ich erröte für dich. – Es ist mir unerträglich, daß Araspes seine hoffnungslose Liebe den tauben Felsen vorgirren soll, indessen wir, von Cyrus geführt, das geheiligte Geschäft vollbringen, welches ihm ein Gott ins Herz gelegt hat. – O Schande! Was nennest du Liebe, Araspes? Hast du keine Liebe für deine Freunde? keine für den Helden, der dich selbst des königlichen Namens seines Freundes würdigte? keine Liebe für die Tugend und für deine Anverwandten, die Menschen, und für alles, was die vom Himmel entsprungene Seele der Zurückberufung in die lichtvollen

Gegenden, woraus sie verbannt ist, würdig macht? – Oder soll diese feige unmännliche Sklaverei, die alle deine Gedanken an die Schönheit eines Weibes, alle deine Begierden an ihren Genuß heftet, alle deine großen Bestrebungen in Seufzer auflöst – soll das dich zu den Taten vorbereiten, von denen deine Seele schwellen sollte? –

Araspes. O schone, schone deines Freundes, Arasambes! Ich kann die furchtbare Wahrheit nicht ertragen, die von deinen Lippen donnert. Nein, ich will deine Verachtung nicht verdienen! Sie würde mich unglücklicher machen, als die bittersüße Qual der Liebe tun kann. Verwünscht sei der unwürdige Gedanke, daß ich, wie ein weinender schändlicher Sklave, von der Schönheit gefesselt den Staub lecken sollte, während ihr die erstaunte Welt mit Denkmälern eurer Tugend belastet! Nein, Arasambes, ich fühle meine ganze Seele wieder durch meine Nerven strömen. Ich will dahin, wohin mich die Ehre ruft, und mit noch stärkerer Stimme die Liebe! Du sollst sehen, jedes Auge soll sehen, daß Panthea mich mit siebenfachem Mut begeistern kann, und die Welt soll mich eines bessern Schicksals würdig erklären! – Wie dank ich dir, Arasambes, daß du mir diese Aussichten gezeigt hast! – Aber hüte dich, Freund, meine Liebe zu schmähen, oder deine Lippen zum Spott über die erhabne Raserei, den enthusiastischen Taumel zu öffnen, worin meine Seele aufbrauset, wenn sie, ganz vom Gott der Liebe voll, nicht ihre eignen Gefühle hervor treibt! Hüte dich, eine Liebe zu schmähen, die, von der göttlichen Panthea entzündet, eben so wenig Grenzen hat als die Vollkommenheit ihres Gegenstandes.

Arasambes. Welch ein Gemisch von Schwulst und Torheit! Ja, ich kenne eine Liebe, die keine Grenzen haben soll; aber eine weit andre als dieses lächerliche Ungetüm, die Tochter des Müßiggangs und der Wollust! diese buntscheckige Törin, die in gleichem Augenblick weint und lächelt, frohlocket und verzweifelt, zu Stein erstarrt und in leichten Schaum aufsprudelt. Weg mit ihr! Ehmals brannte eine andre Liebe in deiner Brust, Araspes! die Ernährerin der Tugend, von der Weisheit selbst entzündet, ohne welche noch keine schöne Tat vollbracht worden ist, noch kein Held mit den Unsterblichen in die Wette geeifert hat. Erwache doch einmal aus deinem Taumel, Freund! Erkenne dich selbst wieder! Tritt in deine eigne Gestalt zurück! – O! gibt es denn keine *Zauberworte* (weil doch die Vernunft in diesem Aufruhr der Sinne nichts vermag), keinen geheimnisvollen *Talisman*, der meinen Freund sich selbst wieder geben kann? Oder hat die Musik, die Bezwingerin der Herzen, keine magischen Töne, die Gewalt der Liebe einzuschläfern und die entflohene Weisheit zurück zu locken?

Ein Sklave *zu Araspes*. Herr, die Königin kommt mit Mandane aus dem Myrtenwäldchen – sie befahl mir, dir ihre Ankunft anzukündigen.

Araspes. Was hör ich? Ein Besuch von Panthea? Sie selbst, sagst du, befahl dir sie anzukündigen? – Was für eine neue Gestalt nimmt mein Schicksal an!

Arasambes. Ich verlasse dich voll froher Hoffnung, am nächsten Morgen meinen Araspes wieder zu finden. Von den Lippen der schönen Panthea werden die Zaubertöne fließen, die deine Seele wieder in Harmonie zu stimmen vermögen.

Araspes *allein*. Sie selbst sucht mich? Sie selbst? – Warum pochst du so zaghaft, mein törichtes Herz? Sonst pflegtest du ihr so fröhlich entgegen zu hüpfen! – Hat sie vielleicht die wahre Ursache meiner Krankheit entdeckt? – Aber würde sie denn selbst zu mir kommen, eine Leidenschaft durch ihren Anblick noch mehr zu erhitzen, welche sie nicht befriedigen will? – Oder soll ich – darf ich es hoffen, daß sie mir günstiger sei, als ich bisher zu glauben wagte? Eitle Einbildung! Hinweg Schmeichlerin! – Sie nähert sich. – Diese Stunde wird das Schicksal meiner Liebe entscheiden. Ich will Mut fassen. Warum sollt ich meine Leidenschaft der Einzigen verhehlen, die sie befriedigen, oder, wenn's möglich ist, heilen kann? – Sie kommt, von Mandane begleitet – o mein feiges Herz!

6
Panthea. Mandane. Araspes

Panthea. Wie befindet sich Araspes? Dein Anblick bekräftigt nur zu sehr, daß sich meine Freundschaft nicht umsonst für dich beunruhiget hat.

Araspes. O schöne Panthea, wie sehr rührt mich diese gütige Herablassung! Deine Gegenwart hat schon ihre heilende Kraft an mir bewährt. Dein Mitleiden – ach! wenn du wüßtest, was mein Herz gelitten hat, du könntest mir dein Mitleiden nicht versagen!

Mandane *leise zu Panthea.* Sind meine Besorgnisse vergeblich gewesen?

Panthea *ohne auf Mandanen Acht zu geben.* Und *warum* sollte ich das? Mein Herz ist empfindlicher für fremde Leiden als für meine eignen. Selbst die Schmerzen eines Tieres, die Krümmungen eines sterbenden Wurmes, rühren mich; wie sollte ich bei dem Leiden eines Freundes ungerührt bleiben? Aber entdecke mir, Araspes, wenn in meiner Freundschaft ein Trost für dich sein kann, entdecke mir die Ursache deiner Schmerzen.

Araspes. So feindselig, o Panthea, ist mein Schicksal, daß die süße Quelle der seligsten Freuden für mich unbeschreibliche Schmerzen quillt. – Die Liebe, Panthea – das fatale Wort ist von meinen Lippen entflohen – die Liebe macht mich elend.

Panthea. Die Liebe kann den Tugendhaften nicht elend machen. Sie hat ihre Schmerzen; aber es ist etwas Tröstendes darin, für diejenigen zu leiden, die wir lieben. Der Tod des Geliebten ist vielleicht das einzige, was uns elend machen könnte, wenn wir nicht in unsrer eigenen Sterblichkeit ein bewährtes Mittel hätten, unsrer Qual ein Ende zu machen.

Araspes. Es ist etwas, das noch entsetzlicher ist als der Tod des Geliebten. Was könnten die unerbittlichen Erynnien selbst, verdammte Sünder zu quälen, Schrecklichers erfinden, als die Pein, ungeliebt und ohne Hoffnung zu lieben?

Panthea. Eine Liebe ohne Hoffnung, ohne Gegenliebe, setzt, wie mich dünkt, einen übel gewählten Gegenstand voraus.

Araspes. Ach Panthea! es ist unmöglich, diejenige, die ich anbete, *nicht* zu lieben, oder weniger inbrünstig zu lieben, als ich tue. Sie ist die Schönste unter allen, die jemals unsterbliche Göttinnen eifersüchtig gemacht haben. Ihr erster Anblick würde eine schwache Seele überwältigen. Aber stille Bewunderung war alles, was ich für sie empfand, bis ein näherer Umgang die Schönheit ihres Geistes, tausend strahlende Vollkommenheiten, vor mir entfaltete. – Ganz in ihr Anschauen entzückt, vergaß ich anfangs meiner selbst; ich liebte ohne Wunsch, ich hoffte nichts, ich war glücklich. Aber diese süße Bezauberung konnte nicht lange dauern. Ich erwachte; ich sah daß ich geträumt hatte; ich fühlte, daß nur die Gegenliebe, nur der Besitz des Geliebten, glücklich machen kann. Auf einmal entdeckte ich das Entsetzliche meines Zustandes. Ich habe *nichts* zu hoffen! – Selbst der Trost, von ihr bedauert zu werden, nach welchem ich schmachte, ist mir versagt. Sie weiß nichts von meiner Liebe. Noch nie durft ich es wagen zu reden. Ach! die einzige Hoffnung, die mir übrig bleibt, ist, im Übermaß meiner Qual das Ende meines Daseins zu finden.

Panthea. Ich bedaure dich, Araspes.

Araspes. Du bedauerst mich, göttliche Panthea? O so bin ich nicht so elend, als ich fürchtete!

Panthea. Die Freundschaft hat nur einen einzigen Rat für dich. Entferne dich von dem Gegenstande deiner Leidenschaft. Nur die Entfernung kann dir die Vernunft und die verlorne Ruhe wieder geben. Lebe wohl, Araspes.

Araspes *Er hält sie zurück, und wirft sich zu ihren Füßen.* Du willst dich entfernen? – O bleibe, bleibe, entziehe mir den Anblick nicht, der mein fliehendes Leben noch zurück hält! – Du zürnest, Panthea – dein ernstliches Auge – doch zürne nur! vernichte mit strafenden Blicken den Verwegnen, der dich anbetet! – Hier zu deinen Füßen will ich sterben – glücklich genug, wenn dann eine zu spät mitleidige Träne, die ich nicht mehr fühle, auf meine Leiche von deinen Wangen sinkt.

Panthea. Steh auf, Araspes, und höre mich! Vielleicht verbieten mir die strengen Gesetze der Sittsamkeit, nach einer solchen Erklärung meinen Besuch zu verlängern. Aber du hast ehmals meine Freundschaft verdient, du hast dir meine Dankbarkeit verpflichtet, und der Zustand, worin du bist, verdient Mitleiden. Ich sehe dich als einen *Kranken* an; es wäre zu verhaßt, dich als einen *Verbrecher* anzusehen. Überzeuge mich, Araspes, daß ich mich nicht betrogen habe, da ich dich groß und edel glaubte. Stelle dich selbst wieder her; bezwing eine Leidenschaft, die dich der Ruhe und mich eines Freundes beraubt; die uns beide erröten macht, dich sie zu fühlen, mich sie erregt zu haben. Die Gemahlin des Abradates darf kein Gegenstand deiner Begierden sein. So sehr kann Araspes nicht sich selbst vergessen haben. Ich bin zwar eine Gefangene; aber nur gefühllose Barbaren können gereizt werden, die leidende Unschuld um dessentwillen zu höhen, was sie gesitteten Menschen ehrwürdig macht.

Araspes. Denke nicht, göttliche Panthea, daß meine Liebe verwegen genug sei, die kleinste Hoffnung zu wagen. Wie lange hat die Ehrfurcht, die dein Stand, deine Tugend und dein Unglück mir einflößte, meinen Mund verschlossen? Wenn haben selbst meine Blicke sich erkühnt, die Ausleger meines Herzens zu sein? Wie oft habe ich sie, wenn sie in Tränen schwammen, von dir abgewandt? Wenn haben meine unbescheidenen Seufzer dein Ohr beleidigt? Ach! nur die nächtliche Stille einöder Schatten hat sie gehört; nur mein vom Schlaf verlassenes Lager ist von meinen Tränen befeuchtet worden. Aber verbiete mir nicht, schönste Panthea, in schweigender Stille um dich zu seufzen! Warum haben die Götter, in ihr eigenes Werk verliebt, dich so schön gebildet, wenn sie nicht wollten, daß dein Anschauen jedes Auge bezaubern, jede Seele in Liebe und Verlangen auflösen soll? Dulde meine Liebe! dies ist alles, was der unglückliche Araspes von dir zu flehen wagt. Verbanne mich nicht aus deinen Augen; laß mir den einzigen Trost, den auch die strengste Tugend erlauben kann, dich zu sehen, und von dir bedauert, das Opfer einer hoffnungslosen Liebe, meine Seele zu deinen Füßen auszuseufzen.

Panthea. Araspes, ich verstehe diese Sprache nicht. Wenn dein Zustand wirklich so ist, wie du ihn beschreibst, so bitte den Cyrus, dich von mir zu entfernen. Du wirst leicht einen Vorwand finden, der deinen Ruhm retten kann. Willst du mich aber *nicht* verlassen, so verbanne deine Leidenschaft. Alle meine Freundschaft könnte dich nicht gegen die Verachtung schützen, die ihre Fortdauer mir einflößen würde. – Bedenke dich, Araspes. Ist Pantheens Freundschaft so geringschätzig in deinen Augen, daß du sie nicht wert achtest, ihr einen eiteln Traum der Einbildung, einen blinden Trieb aufzuopfern?

Araspes. Wie tief muß ich in deinen Augen gefallen sein, schönste Panthea! Du zweifelst? – O tausendmal wollte ich, um Einen gütigen Blick von dir zu verdienen, mein Leben wagen! Aber wenn deine Freundschaft schon unschätzbar ist, was würde deine Liebe sein!

Panthea. Höre mein letztes Wort, Araspes. Ich bedaure die Ausschweifungen deiner Leidenschaft. Ich weiß, daß deine Seele zur Tugend gemacht ist. Ich beklage ihre Erniedrigung; und ich würde mich strafbar halten, wenn ich eine Strenge gegen dich gebrauchen wollte, die dir den Mut benehmen könnte, meine Achtung wieder zu verdienen. Es ist in deiner Gewalt! Der Sieg über eine Leidenschaft, die unser besseres Selbst entehrt, ist der schönste Sieg. Gib mir meinen Freund und dem erhabnen Cyrus seinen Nacheiferer wieder. Nur tugendhafte Triebe sind deines Herzens würdig! Liebe mich als eine Schwester! Liebe meinen Abradates! Komm, in unserer Freundschaft der Dritte zu sein! In wenigen Tagen hoffe ich ihn zu sehen, und ihn als einen Freund des Cyrus zu sehen. Gönne mir die Freude, meinem Abradates mit seiner wieder gefundenen Panthea ihren Beschützer seiner Freundschaft würdig vorzustellen! Dann will ich euch, wenn ihr, von edlem Wetteifer glühend, den persischen Helden zu unsterblichen Taten begleitet, mit frohlockenden Blicken nachsehen; durch wilde Feldlager und barbarische Provinzen will ich euch begleiten; und wenn ihr aus der Schlacht gegen die Unterdrücker der Menschen zurück kommt, will ich mit gleich freundschaftlicher Hand den edeln Schweiß von eurer Stirne wischen, und euere Schläfe mit friedsamen Rosen umkränzen.

Araspes. O du – mit welchem Namen soll ich dich nennen? – Die Weisheit hat deine Gestalt entlehnt, meiner kämpfenden Seele den Sieg über sich selbst zu geben! Mit welcher Entzückung fühle ich deine Gewalt über mich! – O Panthea, gesegnet sei der mitleidige Genius, der deinen Gang hierher leitete! Du allein konntest mir die Ruhe geben, die in diesem Augenblick mein lechzendes Herz erfrischet. Ich fühle mich selbst wieder. Ich will sie verdienen, die Freundschaft, die du mir mit einer so göttlich gütigen Großmut anbietest. Welch eine Würde gibt sie mir! Welch eine Einladung zu schönen Taten! Bald wird sich der weite Schauplatz vor uns auftun, wo ich allen diesen Überfluß von Liebe, der in meiner Brust zu enge verschlossen ist, in edle Bestrebungen ausströmen lassen kann. Aber, wohin uns auch der geflügelte Ungestüm der Ruhmbegierde führen mag, nie wird dein Bild aus meinen Augen kommen! Deine Liebe soll die begeisternde Seele, und dein Beifall die glorreiche Belohnung meiner Tugend sein!

Panthea. Ich erkenne wieder die Stimme meines Freundes. Aber hüte dich vor diesen brausenden Aufwallungen, die deinem Herzen so natürlich sind! Es bedarf der Ruhe. Lebe wohl, Araspes! Die kommende Nacht träufle ihren sanftesten Balsam auf dich herab, damit der Morgen deine geheilte Seele zu einem neuen Leben erwecke!

Araspes. Wie schnell eilest du weg, schöne Panthea! – Ach! schon ist sie wie eine Göttin meinen Augen entschwunden! Aber noch glänzt dieser Ort von ihren Blicken; noch schwebt die zerfloßne Musik ihrer Worte um die glatten Marmorwände. – Unwiderstehliche Schöne! wie schnell zauberst du mich aus einer Gestalt in die andre! – Aber Ruhe hast du mir nicht wieder gegeben! Welche Schwärme von streitenden Gedanken und Entschlüssen drängen sich in taumelnder Verwirrung durch mein Haupt! – Ich will gehen, und unter jenen einsamen Bäumen die liebliche Abendluft schöpfen, und in der schattigen Stille mich über alle diese Dinge mit mir selbst besprechen.

7
Panthea. Mandane

Panthea. Was denkst du, meine mütterliche Freundin, von diesem Auftritte, zu welchem ich deine Gegenwart verlangte, damit du eine Zeugin und Richterin meines Betragens sein möchtest? Bin ich zu gelinde gewesen? Und hat sich Araspes nicht zu schnell verwandelt?

Mandane. Deine Großmut, meine Königin, und der mütterliche Name, dessen du mich würdigest, befehlen mir, deine Frage freimütig zu beantworten. Obgleich dein Betragen bei diesem Auftritte der Würde einer Panthea gemäß war, so hättest du doch den Schritt nicht wagen sollen, einem so feurigen Liebhaber Gelegenheit zu einer Erklärung zu geben, welche vorher von der Ehrfurcht für deine Hoheit und Tugend, so oft sie hervor zu brechen bereit war, auf seinen bebenden Lippen erstickt wurde. Der längere Aufenthalt unter den Menschen hat mich ihre Leidenschaften kennen gelehrt. Glaube mir, Panthea, Araspes seufzte schon lange nach einem glücklichen Augenblick, dir sein Herz zu entdecken. Die erste Erklärung, hoffte er, würde ihm die Freiheit geben, sie so oft zu erneuern als er wollte; so würde er dich unvermerkt angewöhnen, seine Liebe zu *dulden*; er würde sich eine Art von *Recht* erwerben, sie zu verteidigen und deine Einwürfe zu beantworten; das Ungeheuer würde durch öfteres Anschauen seine Häßlichkeit verlieren, es würde vielleicht endlich gar gefallen, und eine günstige Stunde – kurz, ich fürchte du habest ihm, wider deine Absicht, zu Hoffnungen Anlaß gegeben, die er nicht wagen dürfte, wenn dich deine allzu große Güte nicht bereits in seinen Augen erniedriget hätte. Es ist unmöglich, behutsam genug gegen diese kühnen Männer zu sein, die immer geneigt sind uns mehr Schwäche zuzutrauen als wir wirklich haben, und die selbst aus den bittersten Vorwürfen und Abweisungen die süßesten Hoffnungen zu saugen wissen.

Panthea. Ich gestehe dir, Mandane, daß ich die Männer sehr wenig kenne. Ehe mich unser gemeinschaftliches Unglück diesem jungen Meder überlieferte, hatte ich außer meinen Brüdern und meinem Gemahl kaum einen Mann in der Nähe gesehen. Ohne Zweifel kommt es von meiner Unerfahrenheit her, daß ich nicht so schlimm von Araspes denken kann als du verlangst. Ich kann kein Verbrechen darin sehen daß er mich liebt. Es ist sein eigener Vorteil, seiner Liebe Grenzen zu setzen. Ich hielt es für meine Pflicht, ihn zu beruhigen, indem ich ihm offenherzig alles entdeckte was er von mir zu erwarten hat. Wenn ich ihm, dachte ich, meine Freundschaft so frei und willig anbiete, so müßte er das unedelste Herz haben, wenn er sie verachten könnte. Wenn er also gleich in der Hitze des schwärmenden Affekts seine Wünsche weiter getrieben hat, so wird er jetzt in sich selbst gehen, und den Genuß eines wirklichen Gutes einem größern, das ihm versagt ist, vorziehen. Setze nun voraus daß Araspes edelmütig sei, so hab ich nicht zu viel getan. Warum soll ich ihn aber niederträchtig glauben? einen Menschen, an dem du selbst die Größe seines Geistes oft bewundert hast; dessen Reden und Handlungen uns eine lange Zeit in der guten Meinung stärkten, die uns sein erster Anblick von ihm beibrachte; von dem wir unleugbare Proben eines guten Herzens gesehen haben, und, was mehr als dieses alles ist, einen Freund des Cyrus! – Entschuldige mich, Mandane! ich kann keine schlimme Folgen davon sehen, daß ich, dieser gerechten Meinung gemäß, als seine Freundin gehandelt habe. Denn setze auch das ärgste, daß er sich meiner nicht unbedingten Freundschaft unwürdig zeige: so würde meine Güte, anstatt einigen Vorwurf auf mich zu laden, nur die Schwärze seiner Niederträchtigkeit erhöhen. Aber laß uns nicht allzu mißtrauisch sein, Mandane! Araspes *kann* nicht unedel, nicht arglistig und undankbar handeln.

Mandane. Gewiß kann er es nicht, so lang er derselbe Araspes ist, der unsere Hochachtung verdiente. Aber, meine liebste Panthea, eine einzige Leidenschaft, wenn sie die Seele bezwungen hat, macht in kurzem den ganzen Menschen unkennbar. Diese inwendigen Tyrannen können Tugend und Vernunft nicht neben sich leiden. Daß er dich liebt, verdient keinen Tadel. Seine Liebe war vielleicht schön und lobenswürdig, ehe sie zu einer heftigen Leidenschaft wurde. Aber je vortrefflicher der Gegenstand unserer Neigung ist, desto gefährlicher ist ihr Übermaß. Ich erinnere mich einer Stelle aus einem unserer Dichter, der die wahre Natur dieser *Krankheit*, welche die Männer Liebe nennen, nach dem Leben abmalet: »Traue nicht, junge Schöne« (sagt das Lied), »der schmeichelnden Zunge des Jünglings! Erst wenn sie siegt, zeigt sie ihr wahres Antlitz. Müßten seine Gedanken laut ertönen, wie würde seine Zunge zum Lügner werden! Indem er dich vergöttert, spottet er heimlich deiner Erniedrigung. Wie sanft schlüpfen seine glatten Worte in dein leichtsinniges Herz! Du meinst, er liebe dich? Törichte! Wenn er im Sonnenschein deiner Blicke hüpft, wenn er die Röte deiner Lippen, die Weiße deines Halses, die runden wächsernen Arme, und die schlanke leicht schwebende Gestalt bewundert, so liebt er sich selbst. Begierde, lüsterne Begierde ist seine Liebe. Schmeichlerisch schmiegt sich die anfangs liebkosende Schlange unter deinen Füßen; aber bald wird sie sich unvermerkt an dem schönen Stamm hinauf winden, bis sie, fest um dich geschlungen, dein innerstes Mark mit tödlichem Biß vergiftet.«

Panthea. Ob mich gleich Abradates, der meinem Herzen immer gegenwärtig ist, versichert, daß ich nichts zu fürchten habe, so geziemt es doch meiner Jugend nicht, deine Warnungen zu verachten. Sage mir denn, Mandane, was soll ich tun?

Mandane. Es ist ein einziges unfehlbares Mittel, dich vor allen Folgen der ausschweifenden Liebe dieses Jünglings sicher zu stellen. Erlaube mir, dein Geheimnis dem Cyrus zu entdecken; er weiß viel zu wohl was für eine Achtung der fraulichen Würde gebührt, als daß er nur einen Augenblick anstehen sollte, ihn zurück zu berufen. – Aber ich sehe, daß du meinen Vorschlag allzu streng findest.

Panthea. Bedenke, Mandane, daß es unbillig sein würde, wenn wir den Araspes in Gefahr setzten, die Achtung des Cyrus zu verlieren. Wie leicht könnte ihm deine Anklage eine schlimmere Meinung von diesem Jüngling beibringen, als er verdient! Wie leicht könnte diesem eine harte Begegnung von einem Prinzen, der ihn bisher an die freundschaftlichste gewöhnt hatte, allen Mut niederschlagen! Er würde aufhören, ihm mit dem freudigen Eifer zu dienen den die Liebe einflößt; er würde sich jetzt vor den Blicken scheuen, die ehmals seine Belohnung waren. Wie könnte mein Herz den Vorwurf ertragen, eine so schöne Harmonie, wie ihre Freundschaft war, unterbrochen zu haben? Und warum? Aus einer vielleicht ganz eiteln Besorgnis. Araspes ist nicht unedelmütig, Mandane! Er hat einen früh erworbnen Ruhm zu behaupten, er hat große Aussichten, er lebt unter den aufgehenden Augen eines Cyrus. Was für mächtige Stützen, selbst eine sinkende Tugend aufzuhalten! – Aber, wenn er auch wieder in einen fieberischen Anstoß zurück fiele, was hab ich zu fürchten? In deiner Gesellschaft, Mandane, von meinen Weibern und Sklaven umgeben, und unter dem königlichen Schutze des Cyrus, was kann ich fürchten?

Mandane. Vielleicht machen mich diese grauen Haare geneigter, als recht ist, zu Besorgnissen, die manchmal eitel sein mögen. Jedes Alter hat seine eigenen Krankheiten. Leute, die lange gelebt haben, kennen die Gebrechlichkeiten der menschlichen Natur; sie wissen Beispiele von unangenehmen Folgen, die ein allzu großes Zutrauen oder allzu wenig Vorsicht bestraft haben; man hat sie gelehrt, ja gezwungen, furchtsam zu sein! Desto nötiger ist es, daß uns die Jugend etwas von ihrem Mute, von ihrer Geneigtheit zum Hoffen, als ein Gegengift wider unsre Zaghaftigkeit, einflöße. Der Ausgang möge meine Besorgnisse zu Träumen machen!

8
Araspes *allein*

O Hoffnung, holde Schmeichlerin, dürft ich deinen Eingebungen trauen! Dürft ich es glauben, daß meine Liebe, mein Flehen, meine Tränen einst sie rühren könnten! – Ach! umsonst, umsonst schmeichelst du dir, verlangendes Herz! Ein andrer herrscht in ihrer Brust. Meine Liebe beleidigt sie. Welch ein schreckender Ernst war in ihren Augen, da ich zu ihren Füßen lag! – Aber – wie? verlor er sich nicht bald wieder in mildere Majestät, und diese selbst in sanftes Mitleiden? Besorgte sie nicht, mich zu sehr erschreckt zu haben? Trug sie mir nicht freiwillig ihre Freundschaft an? »Liebe mich als eine Schwester.« – Der bezaubernde Ton, womit sie es sagte, erklingt noch in meiner Seele! – War nicht Zärtlichkeit in ihrem Blick, als sie mich verließ? Was verspricht mir dies? – O Panthea, ich will, ich will mich dieser entzückenden Hoffnung überlassen! Der gefährlichste Schritt ist getan. Sie kann sich nicht mehr weigern, die Erklärungen meiner Liebe anzuhören! Nach und nach wird ihr gewöhntes Ohr sich willig zu den gefallenden Tönen neigen, und sympathetische Triebe werden in ihrem erweichten Herzen erbeben. In Freundschaft verkleidet, wird die unverdächtige Liebe ihr Vertrauen gewinnen; sie wird die feurige Beredsamkeit meiner Lippen, sie wird das bedeutende Schmachten meiner Blicke, und selbst meine Liebkosungen dulden; das angenehm beschäftigte Herz wird des abwesenden Abradates vergessen, von Freuden und Scherzen herbei geführt, wird die günstige Stunde kommen, und – o Araspes, du wirst glücklich sein!

Vierte Abteilung

1
Araspes *allein*

Wie frisch und lieblich ist dieser Morgen! Wie reizend die nachlässige Schönheit der halb verhüllten Natur! Dank sei dem heilenden Schlummer, der so lange meine Nächte verlassen hat! ich fühle das munterste Leben wieder in meinen Adern hüpfen. Alle meine Sorgen sind in lachende Hoffnungen verwandelt. – Ich erstaune über meine Trägheit. – Wie lange hab ich mich umsonst gequält! In Wahrheit, der *verdient* unglücklich zu sein, der sich selbst verloren gibt. – Wer peinigte dich so, Araspes? – Die Liebe? – Die Liebe kann nur einen Toren peinigen. – War es die strenge Panthea? – O sie ist ja lauter einladende Güte, lauter reizende Holdseligkeit. Kam sie nicht selbst, mit tröstenden Reden meinen eiteln Kummer zu besänftigen! Wie undankbar wäre ich, sie der Strenge zu beschuldigen! – Aber sie liebt mich nicht? – Dies ist noch ungewiß! Vielleicht ist meine Schüchternheit, nicht ihr Kaltsinn, die Ursache, daß ich noch zweifeln muß. Warum soll ich nicht hoffen? Könnte ein so sanftes Geschöpf, so ganz gemacht Liebe einzuhauchen, unfähig sein, die Begierden selbst zu fühlen die es erweckt? Wie lange soll mir denn meine eigene Feigheit schaden? Nur den kühnen Liebhaber belohnt Amor mit seinen Freuden, und bestraft den mit verdienten Schmerzen, der nur Seufzer wagt. – Hab ich sie denn schon auf die Probe gesetzt? Hab ich ihr zärtliches Ohr angewöhnt, die freien Erklärungen meiner Liebe zu dulden? Hab ich etwann einen der gewogenen Augenblicke gehascht, da die Seele in einer süßen Vergessenheit ihrer selbst einschläft, und die erhitzte Sinnlichkeit sich nach bekannten Freuden sehnt? Was verzage ich denn? Nein, eine so blühende Jugend, eine so belebte, gefühlvolle, liebatmende Schönheit kann nicht unbezwingbar sein! O was für Entzückungen verspricht sie dem Glücklichen, dem sie mit glühenden, sich selbst bewußten Wangen, mit halb geschlossenen Blicken und klopfendem Busen, wollüstig seufzend einen Sieg bekennen wird! – O daß in diesem Augenblick ein der Liebe günstiger Genius sie herbei lockte, daß der junge rosenbekränzte Tag sie zum Morgengesange der Vögel in diese Schatten lockte! – Aber was hoffst du, Unbesonnener? Ihre Unschuld – o laß sie so unschuldig sein als der erste Seufzer eines halb aufgeblühten Mädchens, so keusch als Diana, ehe sie ihren silbernen Wagen zu Endymion herab lenkte: was schadet das meinen Hoffnungen? Ihre Unschuld wird durch den sanft sträubenden Widerstand meinen Sieg nur angenehmer machen. – Stille! – Was rauscht durch jenes Gebüsche? – Ist es, oder täuscht mich das verlangende Herz – ist es nicht die Gestalt der Panthea, oder ist es eine Waldnymphe, die ihre Schwestern sucht? – Ich will ihr, so leise wie ein Schatten, nachschlüpfen – vielleicht hat die Liebe meinen Wunsch erhört.

2
Zwei Sklavinnen der Panthea

Erste Sklavin. Hier, Scheristany, werden wir genug Blumen finden. Die Morgenröte hat hier ihren ganzen Vorrat verschüttet.

Zweite Sklavin. Siehe dort jene volle stolz aufgeblühte Rose, wie schön sie aus dem dunklen Busche hervor lacht! Noch reizender soll sie aus den braunen Locken der schönen Panthea hervor lachen, und, von ihren Wangen übertroffen, noch mehr erröten. – Oder meinst du, Zelis, sie würde lieber an meinem Busen glänzen?

Erste Sklavin *lachend*. Warum nicht? Sie wird stolz auf einen so schönen Platz sein. Laß sie mich anheften. Wir wollen für Panthea bald eine andre finden. – Hier habe ich schon einen ganzen Frühling in meinem Korbe. Laß uns auf diese Veilchenbank nieder sitzen und den schönsten Kranz flechten.

Zweite Sklavin. Du willst die Königin heute recht reizend ausschmücken. Weiß auch Scheristany, wer ihr am meisten dafür danken wird?

Erste Sklavin. O ich errate was du sagen willst. Es ist kein Geheimnis mehr, daß Araspes für die Königin seufzet.

Zweite Sklavin. Und vielleicht nicht lange mehr seufzen wird? Was meinst du, Zelis? Hast du nicht –

Erste Sklavin. Die Blicke gesehen, die zärtlichen Blicke, die man über den glücklichen Jüngling ausgießt, die vertrauten Gespräche, die Spaziergänge im Myrtenwäldchen, die großmütige Besorgnis für seine Gesundheit! Alles, alles verkündigt das Glück des neuen Günstlings. Was für seltsame Geschöpfe sind wir doch!

Zweite Sklavin. So? Findest du etwann einige kleine Unrichtigkeiten in dir selbst, daß du so fertig bist über das ganze Geschlecht zu schmähen?

Erste Sklavin. Höre, Scheristany, wenn wir aufrichtig sind und uns selbst kennen so wird sich keine für unüberwindlich halten. Aber doch könnte ich es der Königin nicht vergeben, wenn sie –

Zweite Sklavin. Ei wie streng, Zelis! Was, denkst du, sollte eine Frau, der alle Morgen ihr Spiegel und die weit offnen Augen eines jeden, der sie siehet, ihre Schönheit vormalen; der die ganze Natur sagt, daß sie zum Vergnügen erschaffen sei; der es ihr inneres Gefühl noch lauter sagt; – soll sie sich selbst im Frühling ihres Lebens zu einer ewigen Witwenschaft verdammen? Und warum? Um des albernen Ruhms willen, von irgend einem zukünftigen Dichter mit der Turteltaube verglichen zu werden, die ewig trostlos, auf einem verdorrten Aste sitzend, den Verlust ihres Gatten beweint? O gewiß, eine Schönheit, wie Panthea, ist nicht gemacht, ungeliebt und ungenossen, von Seufzern und hartnäckiger Schwermut zu verwelken. Was ist hierin tadelnswert? Wenn auch Abradates noch lebt, so hat er ihrer vergessen; und ihre Gefangenschaft, die alle vorigen Verbindungen auflöst, gibt ihr das Recht, ihn hinwieder zu vergessen.

Erste Sklavin. Du sprichst, als ob du niemals eines getreuen Liebhabers wert sein werdest. Ist es denn gewiß, daß Abradates sie vergessen hat? Vielleicht ist er schon auf dem Wege sie zu befreien. Welch ein Schmerz würde dem seinigen gleichen, wenn er seine geliebte und treu geglaubte Panthea in eines andern Armen fände!

Zweite Sklavin. Er fände dann, meine gute Zelis, daß er nicht der einzige sei, der das Geheimnis besitze der schönen Panthea zu gefallen. – Aber im Ernste, dünkt dich nicht auch, die Männer seien unbillig, uns wie ihr Eigentum zu behandeln? Gleich als ob wir nur da wären, *ihre* Leidenschaften und nicht die *unsrigen* zu vergnügen! Sollten wir nicht eben so wohl ein Recht haben, für unsre kleinen Bedürfnisse zu sorgen, als sie für die ihrigen? Was meinst du, Mädchen?

Erste Sklavin. Daß du eine leichtsinnige Törin bist. Aber stille! ich höre Mandane rufen. – Siehe, unter deinem Geplauder ist mein Kranz fertig geworden. Laß uns gehen.

3
Araspes. Arasambes

Araspes *noch allein*. Wo bin ich? Bin ich Araspes? War es ein Traum? War es wirklich? O wie schwimmt mein ganzes Wesen in Entzückung! – Es war kein Traum! – Alles was die Natur Bezauberndes hat – nein, keine Worte sind vermögend zu beschreiben, was ich gesehen habe! – Wie schön stand sie da, in schamhafte Rosenfarbe gekleidet, wie holdselig in sich selbst geschmiegt! Wie glänzte das dunkle Gebüsch um sie her! – Mich deuchte, ich sahe ganze Schwärme von Zephyrn, um sie her gaukelnd, die lieblichsten Düfte des Morgens auf sie herab schütten. Wie leicht schien ich mir selbst! Ich glaubte in der Luft zu schweben; kaum hielt ich mich, daß ich nicht, selbst ein Zephyr, auf sie zuflatterte. – O ist denn niemand hier, über den ich meine Freude ausgießen kann? Möchte ich doch meinen Arasambes finden! – Diese Bäume sind so stumm, so unempfindlich; ich muß einen Zuhörer haben, der mein Entzücken mitempfinden kann.

Arasambes. Wohin Araspes? Siehest du mich nicht? Höre wenigstens, wenn du nicht mehr sehen kannst!

Araspes. Wer ruft mir? Woher? – Ha! dich sucht ich eben! Willkommen, Arasambes! Nie bist du mir erwünschter gekommen! Nie hast du mich so glücklich gesehen als ich jetzt bin!

Arasambes. Was kann vorgegangen sein, lieber Araspes, das dich so fröhlich macht? Welch ein Sprung von der gestrigen Schwermut zu diesem Übermaß der Freude! Die funkelnden Augen, die wallenden Muskeln, der hüpfende Gang, alles verkündigt Entzückung und Wonne. Was kann dir begegnet sein? Bist du eben jetzt aus einem süßen Morgentraum erwacht? Oder –

Araspes. Ich hätte große Lust, dich raten zu lassen, wenn ich nicht vor Ungeduld zitterte, dir mein glückliches Abenteuer zu erzählen. Aber ich sage dir, Arasambes, wenn du mein Freund bist, so heitre diese schläfrige Miene auf und lächle. Alles was Leben und

Gefühl hat, die ganze Natur soll sich mit mir freuen! Verwünscht seien diese Bäume hier, weil sie nicht aufhüpfen, und jeder eine Dryade hervor läßt, durch gaukelnde Tänze und Freudengesänge diesen Hain zu beleben!

Arasambes. Ich würde vielleicht fröhlicher sein, wenn ich dich weniger liebte! – Aber sage mir nur erst, worüber ich mit dir frohlocken soll.

Araspes. So höre denn, du kalter unempfindlicher Mensch! Die Morgenröte weckte mich heute aus dem sanftesten Schlaf. Ich stand auf, so vergnügt, so froh, als ob ich ein andrer Mensch sei, als der, den du gestern wie einen Toren seufzen und winseln hörtest. Diese Verwandlung brachte die Unterredung mit Panthea hervor. Ihre sanften Tröstungen bezauberten die Wut meiner Schmerzen, ihre Blicke strahlten Hoffnung in meine Seele. So war ich eingeschlummert, und der Gott der Liebe, der meinen unbesonnenen Trotz und die Verachtung seiner Macht genug bestraft hatte, zeigte mir in reizenden Träumen was ich tun sollte. Der angenehmste von ihnen weckte mich. Ich stand auf, und ging in diesen Myrtenhain, von niemand bemerkt. Eine geheime Ahnung führte mich. Meine Sklaven schliefen noch alle. – Ohne Zweifel glaubte mich auch Panthea noch im Schlummer begraben: denn indem ich hier unter einer Rosenlaube den schmeichelndsten Hoffnungen nachhänge, höre ich durch die halb schlummernde Stille im nahen Gesträuch etwas vorüber rascheln. Ich stehe auf, und schleiche dem Rauschen nach, so leise wie wenn ein Lüftchen über die Spitzen des Grases hinschwebt. Zuletzt kam ich an den Ort; und o mit welchem Gemisch von Erstaunen und Freude – aber du siehest gar nicht munter aus, Arasambes?

Arasambes. Fahre nur fort, Araspes! Ich besorge, deine Erzählung werde mich nur zu sehr rechtfertigen.

Araspes. Und was meinst du wen ich sah? Es war Panthea, die schöne Panthea, die mit Mandane und zwei Sklavinnen gekommen war sich zu baden. Sie kam so früh, in der Meinung, desto gewisser allein zu sein. Es scheint, sie habe dies schon öfters getan, und darum war sie jetzt desto sicherer. Aber Amor hatte Lust, ihr einen Streich zu spielen.

Arasambes. Ich will doch nicht hoffen –

Araspes. Und was? daß ich zugesehen habe? O Bildsäule von einem Menschen! – Dann wäre ich gewesen was du und deine Brüder, die Felsen und Bäume dieser Gegend, sind! Ich sollte wie ein Tor die Augen zugeschlossen haben, wenn die Natur ihre größte Schönheit, ihr vollkommenstes Werk vor mir enthüllte?

Arasambes. Du errätst meine Gedanken sehr scharfsinnig. Aber antworte mir nur auf dies: War es nicht unedel, unzärtlich, daß du einen verstohlnen Zuschauer abgabest, wo du wußtest daß Panthea keinen Zuschauer verlangte?

Araspes. Wußt ich das? Meinst du, diese schönen Geschöpfe seien im Ernst erzürnt, wenn ein verräterischer Zufall ihrer angebornen Begierde zu gefallen zu Hülfe kommt? Meinst du, es sei ihre eigene Erfindung, daß sie sich so vor uns verbergen? – Aber ich habe jetzt keine Lust zu streiten; ich will erzählen. Kennst du die Grotte am Ende des Myrtenhains?

Arasambes. Ich erinnere mich nicht sie gesehen zu haben.

Araspes. Es ist eine hohe gewölbte Grotte, in einen Felsen von Porphyr gehauen, und von beiden Seiten mit Myrten und Balsamstauden dicht umkränzt. Aus hundert Spalten sprudelt, oder rieselt, oder tauet kristallnes Wasser hervor, und sammelt sich in einem weiten Becken von schwarzem Marmor, das mit einem Kränze der schönsten Blumen rund umher verbrämt ist. Hierher begab sich Panthea von der Alten begleitet. Die beiden Sklavinnen entwichen. Sie blieb allein mit Mandane, unwissend, daß ihr Liebhaber, von der günstigen Schwärze der Myrtenhecken und von der Dämmerung versteckt, so nahe war, und, selbst unsichtbar, mit geizigen Blicken zusah, wie ihre untadelige Schönheit sich nach und nach enthüllte, bis sie nur mit sich selbst geschmückt da stand; ein Anblick, der auch ein Steinbild, ja sogar *dich*, mit Leben erschüttert hätte. Denke nicht, daß ich sie durch eine Beschreibung entweihen werde. Niemals, niemals würde ich dir nur den kleinsten Teil aller dieser namenlosen Reizungen begreiflich machen, die meine schauende Seele bezauberten.

Arasambes. Aber wie konntest du dich, so feurig und entzückt als du warst, enthalten, aus deiner Dunkelheit, wie ein Faun, hervor zu rauschen und die reizende Nymphe zu haschen?

Araspes. Ach mein Freund! ich war lauter Auge oder vielmehr lauter Seele, die, in Bewunderung verloren, vergaß daß sie einen Körper habe. Vergeblich würde ich mich bemühen, dir auszudrücken was ich fühlte. Es war etwas Festliches in meiner Entzückung, wie wenn eine Göttin des Himmels in strahlender Glorie vor mein Auge herab gestiegen wäre.

Arasambes. Ich bewundre dich, Araspes. Dein Herz verleugnet, selbst wenn es ausschweift, seine angeborne Größe nicht. Dieses bescheidne Betragen bei einem so gefährlichen Anlasse versichert mich, daß meinem Araspes keine Tugend unmöglich ist. Nun zweifle ich nicht mehr, du werdest dir selbst gleich bleiben, und die schöne Panthea niemals ohne diese heilige keusche Ehrfurcht anschauen, die einer Göttin gebührt.

Araspes. Du scherzest, Arasambes. Diese feierlichen Empfindungen, die Frucht der vergötternden Erstaunung, sind eben so vergänglich als hochfahrend. Wie, meinst du, ich sollte mir selbst verbergen können, daß Panthea eben so irdisch ist als die übrigen Weiber? Glaube mir, sie hat keine Ursache sich der Menschheit zu schämen; und da ich jetzt mehr als jemals empfinde wie schön es ist ein Mensch zu sein, so kommt es mir nicht zu, sie anders als nach menschlicher Weise zu lieben.

Arasambes. Ei, wie bald haben sich deine so geistigen Empfindungen verkörpert! Noch vor wenigen Tagen liebtest *du nur ihre Seele,* so rein, so begierdenfrei, wie ein Sylphe die junge Schöne liebt, deren gleitende Unschuld er bewachen soll. Schämst du dich nicht, deinem *ersten Gegenstande* so bald ungetreu zu werden? Und für wen? Ich erröte es zu sagen. Es ist als ob du Panthea um eine ihrer Sklavinnen vertauschtest.

Araspes. O schweige von diesen hochfliegenden Einbildungen! Die Erfahrung ist meine Lehrerin gewesen. Der Mensch ist nicht zur ätherischen Liebe gemacht. Meinst du, diese anmutigen Geschöpfe würden es zufrieden sein, wenn uns irgend eine himmlische Macht in Sylphen auflösen wollte? Oder kannst du glauben, eine Frau würde jemals einen Liebhaber haben, wenn ihr Geist, ihre Tugend, ihre Sitten, das einzige wären, was sie Reizendes hätte?

Arasambes. Ich erstaune über die neue Denkart, die dir dieser Morgen eingegeben hat. Und was sind nun deine Absichten? Was hat Panthea von einem so irdischen Liebhaber zu erwarten, als du zu sein dich rühmest?

Araspes. Alles was die schönste unter den Frauen von den Entzückungen des feurigsten Jünglings erwarten kann. Falte deine Stirne nicht zu vergeblichen Verweisen, Arasambes! Fürchte nicht, daß ich mich zu unedeln Mitteln herab lassen werde. Mein Herz verschmäht den wilden *Zwang* und die kriechende *List*. Wenn mich meine Hoffnung nicht betrügt, so werde ich von ihrer gefälligen Güte erhalten, was nur trunkne Faunen, die an einem Bacchusfest unter frechen Mänaden auf den thrazischen Bergen rasen, mit Gewalt zu nehmen fähig sind. Sie wird mich lieben, Arasambes! sie wird meiner überredenden Sehnsucht weichen, und – in ihren willigen Armen werde ich glücklich sein!

Arasambes. Hast du vergessen, mein Freund, wer diese Panthea ist, die du mit so frevelhaften Hoffnungen beleidigest? Du hoffest ihre Klugheit zu betören, ihre Tugend einzuschläfern? Aber Araspes! wie bedaur ich dich! Wo ist dein Verstand hingeflogen? Wahrlich, wenn du schöner wärest als Adonis, für den die Göttin der Schönheit in den syrischen Hainen seufzte, schöner als die Liebesgötter, die ihren Wagen durch die Rosen von Damaskus ziehen; wenn alle die Zauberkräfte, alle die anziehenden Liebreize und schmeichelnden Künste, die in ihren Gürtel gewebt sind, in deinen Augen funkelten und auf deinen Lippen lockten: – die Tugend einer Panthea würde deiner ohnmächtigen Versuchung spotten.

Araspes. Wenn Panthea mehr oder weniger wäre als eine Frau, so würdest du meiner Hoffnung mit besserm Grunde spotten. Aber glaube mir, diese anmutsvolle Schöne ist weder aus Marmor gehauen, noch aus Äther zusammen geronnen; sie ist ganz Gefühl, ganz dazu gemacht, die Liebe zu erwidern die sie einhaucht. Ich sah sie, gleich der badenden Diana, von aller Strenge, aller dieser angenommenen Feierlichkeit entwaffnet, womit die weibliche Kunst unentschloßne Liebhaber in Ehrfurcht hält; seit diesem Augenblicke bin ich lauter Hoffnung. Laß nur die günstige Stunde kommen, – In diesen beseelenden Tagen, da die ganze Natur, von der schwach fühlenden Pflanze bis zum königlichen Menschen, Liebe atmet – laß sie kommen die günstige Stunde, und die strenge geglaubte Göttin wird zu einer milden Sterblichen zerschmelzen. Mich dünkt, ich sehe sie unter jenen Schatten, dort wo die hohen Lauben häufige Blumen zum weichen Lager herab schütten; halb schlummernd seh ich sie ins junge Gras hingegossen. Lüsterne Mittagswinde spielen mit ihrem leicht schwebenden Gewande. Wie willig atmet sie den Geist des Frühlings ein! Das süße Gift wallet durch ihre Adern, sie staunt; tausend glänzende Träume von Entzückung und Wonne schwimmen um ihr Auge. – O laß mich eine dieser glücklichen Stunden haschen; und wenn ihre Tugend diese Probe bestanden hat, dann sage, daß sie unüberwindlich sei!

Arasambes. Halt ein, Araspes! Meine Geduld und dein Mutwille geht zu weit. Ich bedauerte dich, so lange nur dein Verstand angegriffen war; aber es ist unmöglich deiner Krankheit länger zu schonen. Das Übel hat sich zu deinem Herzen durchgefressen; deine Denkungsart, deine Sitten sind angesteckt. Unglückseliger! was für einen Entwurf hast du gemacht! Wie sehr muß deine Seele schon zerrüttet sein, daß sie ihn nur zu denken fähig war! Zittre vor dir selbst, Araspes! Es ist die Gemahlin des Abradates, die du von der glänzenden Höhe der unbefleckten Ehre zu den niedrigsten ihres Geschlechts herab stürzen willst. Panthea kann niemals, niemals die Deinige sein. Abradates allein hat ein Recht an den Besitz dieser Schönheiten, die deine unreine Leidenschaft entweiht.

Araspes. Und was meinst du also daß ich tun soll?

Arasambes. Was du tun würdest, wenn die Erfüllung aller deiner Wünsche die Hitze deiner Flamme abgekühlt hätte. Glaube mir, Araspes, dieser Taumel der berauschten Vernunft kann nicht lange dauern. Eine so sinnlich schwärmerische Liebe erstickt am Genuß. Sei zu rechter Zeit weise! Denke, wie du gewiß alsdann, aber zu spät denken würdest, wenn deinen entzauberten Begierden nichts mehr zu wünschen übrig wäre.

Araspes. Wie schändlich lästerst du meine Liebe! *Ich* sollte aufhören Panthea zu lieben? Sie, deren Reizungen alle anzuschauen und zu bewundern kaum die Unsterblichkeit zureichte? – Ich bitte dich, höre auf, mein Ohr mit deinem Unsinn zu beleidigen. Der müßte meine Seele versteinern können, der mir verbieten wollte für diese göttliche Schöne zu brennen. Überlaß mich mir selbst, wenn du nur gekommen bist meine Freuden zu stören.

Arasambes. Ich werde dich in diesem Zustande nicht verlassen, Araspes. Wann bedürfen wir des freundschaftlichen Beistandes mehr, als wenn eine Leidenschaft uns unser selbst beraubt hat? – *Meine* Sinne sind nicht bezaubert; meine Einbildung ist nicht in Flammen; mein Verstand ist nicht geblendet. Ich sehe deinen Zustand wie er ist. Ich sehe dich mit trunkner Seele am Rand eines furchtbaren Abgrundes schwanken, und ich sollte dich nicht zurück ziehen?

Araspes. Laß mich, Arasambes, laß mich immer in diesen Abgrund stürzen, der dir so furchtbar scheint. In meinen Augen ist er eine See von Wonne und Freuden der Götter. O Panthea! ein einziger Augenblick in deinen Armen verdiente mit tausend Gefahren, mit dem Tode selbst erkauft zu werden! Aber diese Gefahren, diese Abgründe, mein Freund, sind nirgends als in deiner trübsinnigen Einbildung. Höre nur meinen Entwurf, und urteile dann, ob mein Verstand so benebelt sei als du wähnst. Wenn ich das *Herz* der schönen Panthea gewonnen habe, so ist nichts übrig, das sich meinen Wünschen widersetzen könnte. Abradates hat kein *Recht* an Panthea mehr; sie ist eine *Gefangene*, eine *Sklavin* des Cyrus. Alle ihre vorigen Verbindungen sind aufgelöst. Cyrus allein hat das Recht, das Schicksal seiner Sklavin zu bestimmen. Ich will ihn suchen, ich will seine Knie umfassen, ich will ihm flehen daß er meine Liebe billige. Er wird seinem Freunde diese einzige Bitte nicht versagen. O durch was für Taten will ich sie verdienen! Ich will ihn bis an den Ozean begleiten; ich will ihn in andre Welten begleiten; er mag die Beuten von Königen, ganze Provinzen, die goldne Atlantis selbst unter seine Gefährten austeilen; *meine* Belohnung soll Panthea sein!

Arasambes. Wie jammert mich deine Verblendung, mein unglücklicher Freund! Ist's möglich, daß du hoffest, Cyrus werde deine Leidenschaft billigen? Du hoffest, er werde die Königin von Susiane der Brunst eines schwärmenden Jünglings Preis geben; sie, durch die er den mächtigen Abradates zu seinem Freund und zu einem feurigen Verfechter seiner Sache zu machen gedenkt? Du kannst eine so törichte Gefälligkeit von Cyrus hoffen? Verachtung wird alles sein, was deine sinnlose Liebe von ihm zu erwarten hat!

Araspes. Ach Arasambes! was für eine Erinnerung rufst du in meine Seele! – Hinweg von mir, grausamer Feind meiner Freude! Verlaß mich! Überlaß mich meinem Schicksal! Aus was für einer süßen Bezauberung hat mich deine verhaßte Gegenwart erweckt!

Arasambes. Höre mich erst, Araspes! Du suchst mir umsonst zu entrinnen. Wie eine Plagegöttin will ich dich verfolgen. Du *sollst* die strafende Stimme der Tugend hören, die du beleidiget hast! Sie wird aus dem Munde eines Freundes nicht so furchtbar tönen, als sie, wenn du dein Verbrechen vollendet hättest, aus den Tiefen deiner Seele donnern würde. Laß es sein, daß Cyrus deine Leidenschaft billige. Noch mehr, Panthea selbst soll schwach genug sein, in deinen Entwurf einzuwilligen. Würdest du darum minder sträflich, minder des Abscheus aller menschlichen Wesen würdig sein? – Denke einen Augenblick nach, und sprich dann dein Urteil selbst. Würdest du es wagen dürfen, mit dieser von dir erniedrigten, entehrten Panthea vor die Augen der Tugend zu treten, wenn sie sichtbar würde über dich zu richten? – Ich weiß wohl, daß eine unsittliche Gewohnheit, die ihr Altertum befestigen aber nicht rechtfertigen kann, dem Sieger ein barbarisches Recht über seine Gefangenen gibt. Aber seit wann bedient sich der Großmütige der Vorteile, die ihm ungerechte Gesetze über die Unschuld geben? Seit wann handelt der Tugendhafte nach den Regeln der Gewohnheit einer verderbten Welt? Seit wann bildet er seine Aufführung nach dem Beispiel der Menge? – Sein eignes angebornes Gefühl von dem was recht und edel ist, das Bild der Schönheit und der Ordnung, das die Natur in seine Seele eingegraben hat, dies allein ist sein Gesetz. Er würde das Gute tun, wenn gleich eine ganze Welt sich zusammen verschworen hätte das Gute zu strafen; er verschmähte eine unedle Tat, wenn gleich alle Thronen Asiens ihre Belohnung, und Nationen von Sklaven schändlich genug wären, seine Übeltat durch marmorne Aufschriften der Nachwelt als eine Großtat anzupreisen. Du, Araspes, den die Natur zur Tugend bildete, der ihre göttliche Schönheit gesehen, ihre Freuden geschmeckt, ihre Hoffnungen vorempfunden hat, – kannst du schon so tief herab gestürzt sein, eine schändliche Tat zu tun, weil du sie *ungestraft* zu tun hoffest? – Doch vielleicht verbarg dir die angenehme Schwärmerei der Leidenschaft ihre ganze Häßlichkeit. Aber laß dich erinnern, daß die Bande, welche Panthea mit Abradates verknüpfen, so heilig sind, als die ewige

Eintracht und Harmonie der Schöpfung. Was würde die Gesellschaft der Menschen werden, wenn diese Bande aufhörten unverletzlich zu sein? Ein schamloser viehischer Haufe, wild und gesetzlos, gleich denen, die die baktrischen Wälder durchbrüllen. Die keusche Liebe, die süße Quelle des häuslichen Glücks, würde zum tierischen Bedürfnis eines Augenblicks erniedriget; alle diese zärtlichen und huldreichen Empfindungen, die sie einflößt, würden verschwinden, und statt milder gefälliger Sitten würde eine zaumlose Wildheit den Menschen zum ungeheuersten der Tiere machen. Der Elende, der nach der geheiligten Schönheit einer Vermählten wiehert, ist ein Wütender, der die Bande zerreißen will, womit die Natur selbst, die oberste Gesetzgeberin der Wesen, die Menschen zu einem Brüdergeschlecht verweht hat. Seine schnöde Lust stiehlt einem rechtschaffnen Manne den süßen Trost, den er gewohnt war in den Armen einer zärtlichen Gattin zu finden, und beraubt das unschuldige Kind einer tugendhaften Mutter. Sollte sich Araspes einer solchen Tat schuldig machen können? Sollte er der Welt ein solches Beispiel geben, und auf eine so schändliche Art die Erwartung seiner Freunde betrügen?

Araspes. Ach Arasambes!

Arasambes. Dies ist noch nicht alles! Denke was für ein Anschlag das ist, den du auf die schöne Panthea gemacht hast. Du liebst sie, sagst du, und du willst auf ewig den Ruhm, den Frieden, die Glückseligkeit derjenigen zerstören, die du liebst? Welch ein glorreiches Geschöpf war Panthea, ehe du sie kanntest! Die Natur kann nichts Vollkommneres erfinden als ihre Gestalt, die Tugend nichts Schöneres bilden als ihre Seele. Selbst die Farben der Entzückung, womit du mir sie maltest, eh ich sie selbst gesehen hatte, haben ihr nicht schmeicheln können. Und diese preiswürdige Schöne willst du des Glanzes berauben, ohne den die Schönheit eine welke Blume ist? des Schatzes, den alle Reichtümer des Ganges und Indus nicht ersetzen können? dieser innerlichen Ruhe, dieses tröstenden Bewußtseins eines untadeligen Wertes, das den Verlust aller irdischen Güter zu bezahlen und jedes Ungemach des Lebens zu besänftigen vermag; der schönen Unschuld, die, wenn sie von einem Throne verstoßen in einer strohbedeckten Hütte wohnen müßte, die strohbedeckte Hütte zu einem Tempel des Friedens und zum Augenmerk herab schauender Götter machte? Sie, deren reine Seele sich in allen ihren Zügen malte, die gewohnt war, mit dem edeln ruhigen Stolze, den die sich selbst bewußte Unschuld gibt, in jedem Auge den Ausdruck der bewunderten Ehrfurcht zu lesen, – sie soll, von dir entweiht, von dir zur Mitschuldigen deines Verbrechens gemacht, gezwungen sein, die Augen niederzuschlagen und vor dem Blick eines Sterblichen zu beben? Ihre keuschen Wangen sollen von einer verbrecherischen Röte glühen? Ihr schüchterner Blick soll in jedem Gesicht das Urteil lesen, das ihre Seele über sich selber fällt? Oder bist du, Unglückseliger, bist du fähig zu wünschen, daß sie mit der Unschuld sogar die Scham, die letzte Spur der ehmals gegenwärtigen Tugend, verlieren sollte? Umsonst würdest du es wünschen! So ist das unveränderliche Gesetz der Natur: Scham und Reue und zitternde Furcht zeichnen den Verbrecher aus, und verfolgen ihn bis in die Finsternis, wohin er den Augen der Menschen, aber nicht sich selbst entfliehen kann; von immer währender Angst erschüttert, fürchtet er die ganze Natur; sein Schatten wird ein Gespenst für eine schreckenvolle Seele, und der Bäume rauschende Blätter murmeln ihm seine Verbrechen vor. Ist dieser Zustand entsetzlich? Es ist noch nicht das Ärgste, was du der unglücklichen Panthea zubereitest. Die Elenden, die niemals den Reiz der Tugend gekannt haben, die, in unsittlicher Wildheit aufgewachsen, zum Laster gewöhnt und zur Schande abgehärtet sind, mögen vielleicht endlich zu der unseligen Ruhe gelangen, die denjenigen betäubt, für den das Böse durch eine lange Übung zum Gut geworden ist. Aber hoffe nicht, eine Panthea im Schoße des Lasters einzuschläfern. Ihre Seele ist zur Tugend gemacht. Vielleicht kann sie eingeschläfert werden; aber sie wird bald erwachen, und das Andenken dessen, was sie war, wird ihr die Vorwürfe dessen, was sie ist, unerträglich machen. Eine Seele, die sich selbst verachten, sich selbst verdammen muß, ist das elendeste aller Wesen. Und o mit welchem Haß, mit welchem schauervollen Abscheu würde sie denjenigen ansehen, der sie dahin gebracht hätte, sich selbst verachten zu müssen! Siehe, Araspes, dies sind die Folgen von dem was deine Seele brütet! So liebst du die schöne Panthea!

Araspes. Höre auf, Arasambes, verschone mich! Höre auf meine Seele zu zerreißen! Grausamer Freund! was für ein fürchterliches Heer von Schreckgespenstern hast du gegen mich aufgeführt! – Verflucht sei der bloße Gedanke des Frevels, dessen du mich fähig hältst! Kannst du, der Zeuge meines vergangenen Lebens, mich für einen so verworfenen Elenden halten, als ich sein müßte, um deine unglückweissagenden Besorgnisse zu rechtfertigen?

Arasambes. Ich kenne dein Herz, Araspes, und ich kann, ohne ungerecht oder vergeßlich zu sein, glauben, daß die Trunkenheit der Leidenschaft dich fähig machen könne zu tun, was nur geübte und gefühllose Vertraute des Lasters bei kaltem Blute zu tun im Stande sind. Der Abgrund, an dessen Rande du wankest, ist mit Freuden und Entzückungen umnebelt. Die Vernunft hat für edle Augenblicke den magischen Nebel zerstreut. Es sind kostbare Augenblicke, Araspes! säume nicht sie anzuwenden. Fliehe, mein Freund, fliehe vor Panthea und vor dir selbst. Eine zweite Gefahr könnte die Versuchung unwiderstehlich machen.

Araspes. Ich bedarf der Einsamkeit, Arasambes. Verlaß mich! Ich will mich von diesem Ort entfernen, auf dem die Bilder der Freuden schweben, die du aus meiner Seele verscheucht hast. Ich will mein Herz erforschen, und wenn ich es so niedrig, so hassenswürdig finde, als du voraussetzest daß es sein könne, so soll diese rächende Hand es aus meiner Brust reißen!

Arasambes. Ich bin genötiget dich zu verlassen. Ein Befehl, den ich gestern von *Tigranes* erhalten habe, trägt mir ein Geschäft auf, das keinen Verzug leidet. Ich kam nur, dich zu umarmen; der Zustand, worin ich dich fand, hielt mich länger bei dir auf als die Zeit mir erlaubte. Nun wirst du dir selbst überlassen sein. Ich muß eilen. Wollte der Himmel, daß du mich begleiten dürftest!

4
Araspes *allein*

Arasambes verachtet mich – ja, er verachtet mich, und ich selbst gab ihm die Ursache dazu! Ich Unvorsichtiger! warum mußte ich mich ihm in einem Augenblick zeigen, worin nur leblose Zuhörer unnachteilig sind? Warum konnte ich mich nicht ohne Zeugen freuen? – Aber es war mir unmöglich zu schweigen. Eine Entzückung, wie die meinige war, hätte die Lippen eines Stummen aufgesprengt. Mich dünkt, ich bin viel ruhiger, seitdem ich das Übermaß meiner Freude ausgesprudelt habe. – Es ist wahr, Arasambes hatte recht, mir Verweise zu geben. Das erste Feuer des Affekts verblendete mich. Ich sah die Folgen des Entwurfs nicht, womit das verlangende Herz mich betrog. Arasambes hat mich an mich selbst erinnert. Nein, Panthea, mein Glück soll dir nicht die Tugend und die Ruhe deines Lebens kosten. Aber soll ich darum aufhören dich zu lieben? Wie könnte ich? Es ist unmöglich! Dein bezauberndes Bild erfüllt meine ganze Seele! – Und warum sollte ich dem Vergnügen entsagen, dich zu lieben? Ich fühl es, daß ich unfähig bin, eine unedle schändliche Tat zu tun. Ich kenne mein Herz. Feigere Seelen mögen sich durch Fliehen retten! Habe ich nicht die reizende Gefahr bestanden? und welch eine Gefahr! Ein Unsterblicher hätte ohne zu erröten unterliegen können. Welche Tugend hätte an meinem Platz untadeliger gehandelt? – Wie ungütig war Arasambes, die ersten Aufwallungen einer überströmenden ungewohnten Freude so streng zu beurteilen, als ob es die Entwürfe der kalten Überlegung wären! Mein Anschlag war das Werk der Entzückung, die unreife Geburt eines Augenblicks. Bei gelaßnerem Blute würd ich ihn selbst verworfen haben. – O Panthea, erst jetzt fühl ich, wie sehr ich dich liebe! Preiswürdige Schöne! über alles erhaben, was die Natur und die zaubernden Kräfte der Phantasie Reizendes erfinden können! du verdienest das Opfer, das ich dir bringen will. Ohne Hoffnung, ohne Belohnung will ich dich lieben. Ist nicht das *Anschauen* des Geliebten schon Genuß? – Wo bist du, anmutsvolle Königin meiner Seele? Ich will dich suchen; ich will dich unverwandt anschauen, und an deinem Anblick gesättigt jeden andren Wunsch vergessen!

5
Drei Sklavinnen der Panthea

Scheristany. Hier ist ein bequemer Ort uns zu setzen, meine Schwestern; hier am Rande der silbernen Quelle, die über den gelben Sand durch Blumen rieselt. Hier wird die Arbeit unvermerkt unter unsern Fingern wachsen, indem frische Kühlung und liebliche Düfte von diesen Rosenbüschen auf uns herab triefen.

Gulindy. Höre, wie anmutig dieser Vogel singt – und jener im benachbarten Busch, er antwortet ihm. Wie zärtlich war dieser Ton! Gewiß, sie singen einander ihre Liebe zu.

Zelis. Wollen wir nicht mit ihnen in die Wette singen, ihr Mädchen? Ich werde ganz musikalisch, wenn ich diese kunstlosen Sänger höre. Mir fällt etwas ein: wir wollen den Wechselgesang der drei Schwestern singen, den der König so gern zu hören pflegte.

Scheristany. Ich bin's zufrieden. Aber wir müssen erst die Rollen austeilen. Mich dünkt, Zelis, du hast mehr Ursache über die Liebe zu klagen, als wir –

Zelis. Du betrügst dich, Kind. Die Untreue meines Liebhabers hat mich keine halbe Stunde schwermütig machen können. Warum soll ich mich kränken, wenn ein Sommervogel von mir weg zu einer andern Blume flattert? Das Übel ist nur, daß wir nicht auch umher flattern dürfen. Ach! den Blumen nur allzu ähnlich, müssen wir im Boden eingewurzelt stehen, und warten, bis es einem dieser gaukelnden Schmetterlinge gefällt –

Gulindy. Still mit deinen ungereimten Einfällen, Mädchen! Fange den Gesang an.

Zelis. Wohl denn! Ich schicke mich am besten, der Liebe zu spotten.

»Wie froh fließen meine Tage dahin! Durch schuldlose Freuden und sanfte Scherze fließen sie lauter und glänzend dahin, von keiner Sorge beschattet. Nie hat mein junges Herz Liebe geseufzt. Nie sank mein geblendeter Blick vom Anblick des Jünglings nieder. Ich lache ihrer Klagen. Ihr schmeichelndes Lob fährt wie das Sumsen gaukelnder Mücken vor meinen Ohren vorbei. Munter und frei hüpf ich im Chore der schönen Gespielen, wie ein sorgloses Reh auf blumigen Bergen hüpft.«

Gulindy. »Ach Schwester! so fröhlich wie du, so sorgenfrei hüpft ich umher, eh Amor mein Herz verwundete. Aber seitdem hat mich die Ruhe mit der lächelnden Freude verlassen! Nicht mehr für mich blüht der Frühling, und der Hain hört meine Seufzer nur. Mein Auge schwimmt in trübem Feuer, der Blumenkranz welkt um meine glühende Stirne; träge schleich ich zum geselligen Tanze; und kommt die schlummertauende Nacht, ach! dann wälz ich mich schlaflos auf dem einsamen Lager, und strecke meinen Arm nach fliehenden Schatten aus.«

Scheristany. »Gesegnet sei der goldne Tag, da Hymen mich dem besten Jüngling gab. Sei gesegnet, Hymen, du Geber der Freude, und du keusche geheiligte Liebe, holdes Band, das die befreundeten

Menschen zu einem Geschlechte verknüpft, Quelle der süßesten Pflichten und der besten Freuden! O *Zemin*, du Urheber meiner Glückseligkeit, die Stunde, da ich zuerst dich sah, da du die schlummernde Liebe in meinem Busen wecktest, war der Anfang meines Lebens. Lieblicher sind mir deine Blicke als die ersten Gerüche der Rosengärten von Susa. Deine Winke sind mein Gesetz, und dein Lächeln die Belohnung meiner zärtlichen Sorgen.«

Zelis. »Hinweg kriechende Schlange, schmeichelnder Betrüger, der mich zu lieben vorgibt, wenn er, nach meiner Schönheit lüstern, nur seine Befriedigung sucht! Ich bedarf deiner nicht. Dieser glatte umschattete Brunnen malt mir besser als du, wie reizend meine Lippen lächeln, wie lieblich um den Marmornacken die schwarzen Locken schweben. Sollt ich erst von *dir* hören, daß ich schlank bin wie eine Gespielin der Waldgöttin? Mein Schatten sagte mir's längst. Auch seufzen Zephyrn um mich, und kühlen, wo ich gehe, die glühende Luft mit ihrem Rosenfittich. Nicht ungeliebt, nur ohne Sorgen und frei, genieß ich so den Frühling meines Lebens.«

Gulindy. »Ihr, deren zärtliches Herz ein blühender Busen umwölbt, o hütet euch vor dem schmeichelnden Mann! Erstickt den verräterischen Seufzer, der bei den Klagen des Jünglings sich hebt. So wehklagt die tückische Hyäne, ihren Raub herbei zu locken. O könnt ich dich, allzu fehlendes Herz, aus meinem Busen reißen! Ich glaubte dem Verführer, da seine glatten Überredungen mir eine Liebe einflößten, die er nicht empfand. Ohne Mitleid hört er jetzt meine Seufzer, sieht die versengte Wange welken, und die Blume meiner Jugend verdorren. Ungerührt sieht er's, und spottet in andern Armen meiner leichtgläubigen Zärtlichkeit.«

Scheristany. »Wohltätiger Hymen! was ist das Mädchen ohne dich? Eine fruchtlose Blume! Sie welkt, und läßt dem künftigen Frühling keinen Sprößling zurück. In törichter Freiheit hüpft sie ungebändigt umher, und vertändelt ihr unbrauchbares Leben. Oder wenn sie sich unbesonnen im Netze der Liebe verstricken läßt, dann nagt ungestillte Sehnsucht ihr Herz, das verhaltne Feuer schleicht in ihren Adern, und verzehrt die blühende Pracht der Schönheit, ja, oft gibt sie, von der mächtigen Natur bezwungen, Tugend und Ehre um verbotne Freuden hin.«

Zelis. »Was für Freuden, o Amor, hast du mir anzubieten? Süße Pein, gefallende Schmerzen, wollüstige Seufzer, verliebte Tändelei, und was sonst die leichte Seele schwindliger Dirnen reizt. Sollt ich für diesen Schaum dich hingeben, holder Friede des jungfräulichen Herzens, und dich, edle Freiheit, du Seele des Lebens? Sollt ich meine frohen Tage dem trotzigen Manne verkaufen? Soll meine Zufriedenheit von seinem Lächeln abhangen? Soll ich den Sklaven, der sich jetzt zu meinen Füßen krümmt, zu meinem Gebieter erheben? Nein, Amor, so teuer kauf ich deine Freuden nicht!«

Gulindy. »So lange die Liebe mich berauschte, träumt ich unverwelkliche Seligkeit. Bezauberte Auen, Felsen von Ambra, und nektarne Seen schwammen um mein fanatisches Auge. Die betörte Seele flatterte in grenzloser Wonne umher, und ahnete kein Übel, bis sie der entfliehende Traum aus der süßen Raserei erweckte. Jetzt ist Schmerz und bittrer Gram mein Anteil. Von Scham und Reue verfolgt flieh ich umsonst vor mir selbst, wie ein gejagtes Wild keichend vor wütenden Hunden flieht.«

Scheristany. »Süß ist, ihr Töchter, die keusche Umarmung der Liebenden, wenn Natur und harmonische Tugend das Band geknüpft haben, womit sie Hymen vereinigt. Entzückend ist der Anblick der lächelnden Jugend, die um uns her aufblüht, und ihr glückliches Dasein unsrer keuschen Liebe dankt. Süß ist die Arbeit, ihr weiches Herz zur Tugend zu bilden; süß die Sorge für ihr künftiges Glück. Jeder frohe Tag öffnet uns schönere Aussichten. Und wenn ich einst verwelkt bin, wenn ein künftiges Geschlecht, jetzt noch ungeboren, auf den Blumen tanzt, die aus meinem Staube sprossen: dann lebt noch ein werter Überrest von mir; dann blühen noch Enkel, die das Leben aus meiner Brust gesogen haben, und mein Andenken segnen. Sagt jetzt, sagt, ihr Schwestern, macht mich die Liebe nicht glücklich?«

Zelis. »Fühlt ich nicht den Wert der jungfräulichen Freiheit, ja, Schwester, dann könnte dein Glück meinem Herzen einen Wunsch entlocken. Doch mag selbst die Freiheit ihren Reiz verlieren, wenn Hymen, mit der Glückseligkeit verschwistert, ihr Nebenbuhler wird.«

Gulindy. »Ach! warum ließ mich mein Schicksal keinen Zemin finden! Ach! daß ich den nicht fand, für den mein Herz so zärtlich gebildet war! Unbesonnen glaubt ich dem Rat meiner Augen, und dem süßen Betrug, der von purpurnen Lippen floß. Ach! zu spät lern ich jetzt, daß nur die weise Liebe glücklich macht!«

Alle drei. »Ihr Mädchen, verstopft das willige Ohr dem lockenden Amor. Wenn Weisheit und Tugend mit der zärtlichen Sympathie den holden Hymen herbei führen, dann möge euer Herz der süßen Beredung weichen, und von geheiligter Liebe wallen, der Quelle des Lebens und des häuslichen Glücks!«

Scheristany. Wir sind keine von den Sängern, von denen die Dichter erzählen, daß sie mit ihrem Gesange die Sterne in ihrem Laufe zurück halten. Indem wir singen, hat die Sonne schon den Gipfel des Himmels erreicht. Kommt, Schwestern, jetzt rufen uns andere Geschäfte.

6
Panthea *allein*

Der Niederträchtige! – O wie klopft mein Herz! – Dank sei den Göttern, daß ich ihm entgangen bin! – So belohnt er meine allzu willige Freundschaft! So liebt er die Tugend, mit der seine Lippen so vertraut sind! – Wie verschmäht ihn mein Herz! (*Sie erblickt Mandanen.*) O Mandane! –

7
Mandane. Panthea

Mandane. Wie bestürzt, meine Königin? Woher diese zürnende Miene, die deinem sanften Gesichte so fremd ist? Ich erzittre dich zu fragen – woher kommt meine Panthea?

Panthea. Dieser Araspes –

Mandane. Himmel! hat er meine Besorgnisse gerechtfertigt? – Aber es sind Züge von innerer Ruhe und sich selbst bewußter Größe in deinem Gesichte! Dank sei den Göttern!

Panthea. Sei ruhig, meine Freundin! Ich bin ihm entgangen . Aber der Elende war fähig – ich bin noch zu atemlos zu reden. Was machte ihn glauben, daß ich eine solche Begegnung ertragen werde? – Doch mein Herz macht mir keine Vorwürfe. – Eile, Mandane, sende zu Cyrus; bitte ihn, daß er seinen Freund schleunig hinweg rufe. Der Unglückselige unterstand sich – ich sehe noch seine funkelnden Augen – mich mit *Gewalt* zu bedräuen, da sein kriechendes Schmeicheln vergeblich war.

Mandane. Weg mit dem Nichtswürdigen! Ich gehe – aber erlaube mir, Königin, daß ich ihn zuvor aufsuche. Er soll gestehen, daß er ein nichtswürdiger Elender ist! – O daß er mir doch in den Weg käme!

Panthea. Er fand mich unter den Myrten. Du wirst ihn vielleicht noch daselbst antreffen. Wenn du zurück kommst, werde ich geschickter sein, dir die schändliche Geschichte zu erzählen.

8
Araspes. Mandane

Araspes. Ich suchte dich, Mandane –

Mandane. Du suchtest mich, Elender? Du unterstehest dich noch mit deinem Verbrechen zu prahlen? – Wir sind hier in deiner Gewalt; aber wenn es mir auch das Leben kosten sollte, so könnte ich dir nicht verbergen, wie sehr ich dich verachte.

Araspes. Du kannst mich nicht mehr verachten, als ich selbst mich verachte – aber ich begreife nicht wie du wissen kannst, womit ich deinen Unwillen verdient habe. Panthea ist mir kaum entflohen; es ist unmöglich, daß sie dir schon erzählt habe, was zwischen uns vorgegangen ist.

Mandane. Der Zustand, worin ich sie antraf, sagte mir viel stärker als Worte tun können, wie unedel du gegen sie gehandelt haben mußtest. Die Veranlassung muß außerordentlich sein, wenn Zorn aus ihren gütigen Augen blitzen soll.

Araspes. Kannst du Geduld haben, Mandane, mich zu hören? Ich suchte dich, nicht (wie du sagtest) mit meiner Schande zu prahlen, nicht mich zu entschuldigen – ich verabscheue mich selbst zu sehr, um dies zu versuchen. – Ich wollte dir nur zeigen, daß, wenn gleich eine unbescheidene Entzückung mich fähig machen konnte, die Achtung zu vergessen die einer Panthea gebührt, mein Herz doch noch nicht verderbt genug ist, ihre Tugend weniger zu bewundern, weil sie meine kühnen Wünsche vereitelt hat. Höre mich! ich will dir die ganze Geschichte mit der getreuesten Wahrhaftigkeit erzählen. Niemals hat eine Schöne die Probe besser gehalten als Panthea.

Mandane. Es war sehr überflüssig, eine Tugend, die noch niemand in Zweifel gezogen hat, auf die Probe zu stellen. Die Ehre, die sie dadurch erhalten hat, ist deine Schande. Doch was sag ich? Welche armselige Ehre für die Gemahlin des Abradates, gegen einen jungen Unsinnigen wie du ausgehalten zu haben! Was für eine lächerliche Eitelkeit, daß du dir schmeichelst, man müsse eine Heldin sein, um *dir* zu widerstehen! – Aber erzähle nur, wenn du durch das Geständnis deiner Übeltat deine Schuld zu erleichtern glaubst.

Araspes. Ich ging diesen Morgen unter den Myrten, kühlere Luft zu schöpfen. Ich war ungewöhnlich zur Freude gestimmt. Panthea begegnete mir. Ich erzählte ihr die angenehme Veränderung, die ihr gestriger Besuch bei mir gemacht. Sie schien darüber vergnügt zu sein. Ich lenkte bald das Gespräch auf ihre Reizungen, aber mit einer so anständigen und kaltsinnigen Art, daß sie meine Lobpreisungen nur scherzend abwies. Allmählich ward ich belebter; ich fing an, mit Entzückung von der schönen Natur und der noch schönern Panthea zu reden. Sie bat mich, mit ihr zurück zu gehen. Ich fiel zu ihren Füßen, ich umfaßte ihre Knie. – Sie erschrak; ihre Augen blitzten Zorn mit Verachtung vermischt auf mich herab. Sie wollte sich los reißen; ich hielt sie fest, indem ich mit Blicken und mit einer Stimme voll Ehrfurcht sie beschwor, mich anzuhören. – O wie beredt machte mich da die Liebe!

Mandane. Verwünscht sei das, was du Liebe nennst, mit ihrer Beredsamkeit! – Aber fahre fort.

Araspes. Alles, was Entzückung und schmachtende Sehnsucht Zärtliches eingeben kann, strömte von meinen Lippen. Umsonst sträubte sie sich – ich erröte, dir meine ganze Torheit zu gestehen – aber ich verdiene diese Strafe! – Allmählich wurde ich so unbescheiden, daß sie einen stärkern Versuch machte, sich von mir los zu reißen. Aber Amor hatte meinen Armen siebenfältige Stärke gegeben. Mit sanfter Gewalt zog ich sie auf eine blumige Bank. Ich war außer mir selbst. Sie erhaschte diesen Augenblick meiner Schwachheit, sich von mir los zu machen. O wie flog sie davon! Aber das häufige Gesträuch hielt sie auf, ich holte sie ein, ich fiel von neuem zu ihren Füßen. Sie sah, daß Zorn oder Gewalt für einen entschlossenen Liebhaber nur Reizungen sind. Sie fing an zu flehen; noch tönen ihre melodischen Klagen in meinem Ohr! Wie unwiderstehlich baten ihre Augen, von Tränen schimmernd, die nur der Schrecken zurück hielt! Beinahe hätt ich, durch ihre erweichende Beredsamkeit besiegt, sie freiwillig entwischen lassen. Aber wie ich meine Augen aufhob, wie ich sie sah – o Mandane, sie hatte im Fliehen ihren Schleier verloren – wie schön war sie! Die Bewegungen, in die ich sie setzte, der Schmerz, die unschuldsvolle Angst, die flehende Miene, alles zusammen machte ihre Reizungen unwiderstehlich. Ich wußte nicht mehr, was ich tat. Ich schwor, daß sie die Meinige sein müßte; ich rang mit ihr, und mischte die zärtlichsten Liebesversicherungen mit Gewalt und Drohung. Aber in diesem Augenblick hättest du die Obermacht der Tugend sehen sollen. Mit der Stärke eines Engels riß sie sich los, und trat langsam zurück; ein feierlicher ernster Glanz breitete sich um ihr Gesicht; ihre Gestalt schien größer zu werden. Wie majestätisch stand sie da, mit dem Gefühl der Erhabenheit bewaffnet, die ihr die Tugend über mich gab! »Zurück, Elender!« sprach sie mit heiligem Zürnen; »hinweg aus meinen Augen! Hinweg aus den Augen des rächenden Gottes, der aus dieser umleuchtenden Sonne auf dich herab sieht! Hinweg! Dein Anblick ist mir unerträglich, schändlicher Heuchler! Wenn sich deine Hände in Tigerklauen verwandelt hätten, mich zu zerfleischen, so könnte ich dir vergeben haben! Aber die himmlischen Mächte lassen die Unschuld nicht den Raub des Lasters werden! Verbirg dich, wenn du kannst, vor ihrem zürnenden Blick!« – Indem sie so sprach, – wirst du es glauben, Mandane? – lag ich von Furcht und Scham betäubt am Boden, und zitterte wie ein nichtswürdiger Sklave, unfähig zu reden oder eine Nerve zu rühren; und so ging die Göttin mit langsamen feierlichen Schritten bei mir vorbei, und war schon aus meinen Augen, eh ich wieder meiner selbst mächtig war. O wie verfinsterte sich jetzt der Tag um mich her! In Verzweiflung warf ich mich auf den Rasen, dessen weiches Gras unter mir zu Dornen wurde. Ich lag etliche Augenblicke, wie vom Donner betäubt, am Boden, und als ich mich selbst wieder fand – Ha! was will dieser keuchende Sklave, der auf uns zueilt? – Ihr Götter, ich erkenne ihn! Er kommt von Arasambes!

Der Sklave. Herr, ich verkündige dir die Ankunft des *Cyrus*. Er ist kaum noch eine Parasange von hier entfernt. Arasambes, der ihm begegnete, schickte mich, dich zu benachrichtigen, damit du dem Prinzen entgegen eilest.

Araspes. Ich bin verloren! – Fliehe, Unglückseliger! – *Cyrus* kommt, ich bin verloren!

Mandane. Ich eile, meine Königin mit dieser Botschaft zu entzücken.

9
Araspes *allein*

Ich soll ihm entgegen eilen? – Ach! ihm zu entfliehen ist der einzige Wunsch, die einzige Hoffnung, die mir übrig ist! Wie könnt ich den Mut haben, die Schärfe seiner Blicke auszuhalten? – Aber er weiß mein Verbrechen nicht; er weiß nicht, wie sehr der übermütige Araspes seine Vorhersagung gerechtfertigt hat! – Ich Unglückseliger! Ehmals war es mein Stolz, jede meiner Taten dem hellesten Tage auszusetzen. Ich *suchte* deine Augen, o Cyrus! Ich forderte jedes andere Auge auf, und las in jedem das Zeugnis meines Wertes! – O marterndes Bewußtsein der Schande! Wie unerträglich bist du demjenigen, dessen Ohr an die süßeste aller Melodien, an verdientes Lob seiner Tugend, gewöhnt ist! – Und wie, wie sollt ich mein Verbrechen vor ihm verbergen? Warum sollten sie meiner schonen? Panthea, die mich verabscheut; Mandane, die ihre Königin rächen will; warum sollten sie meiner schonen? Ich bin ein Ungeheuer in ihren Augen! – Soll ich dich suchen, beleidigte Schöne? soll ich zu deinen Füßen fallen, und dir flehen, daß du mir vergebest? Ach! sie kann, sie wird mir nicht vergeben; sie ist zu sehr beleidigt! Die Zärtlichkeit, die sie einst für den tugendhaften Araspes fühlte, verdoppelt jetzt ihren Abscheu vor dem Elenden, der ihren Wert nicht zu schätzen wußte. – Soll ich Mandanen flehen? – Ihr Götter! wozu bin ich gebracht! Das Mitleiden einer Sklavin anzuflehen! nur diese Niederträchtigkeit fehlte noch, meine Schande zu vollenden! – Und wenn ich sie erbitten könnte, was hälf es mir? Mein furchtbarster Ankläger ist in meinem eigenen Busen! O Cyrus; ich kann dich nicht betrügen! Du wirst mein Verbrechen in meinen Augen lesen – ich bin verloren!

Welch ein plötzlicher fürchterlicher Wechsel! Vor wenigen Augenblicken war noch alles Entzückung um mich her! – O Liebe, verwünscht sei deine Zauberei! Unselige Leidenschaft, was gibst du mir für alles, was ich dir aufgeopfert habe! Mein Ruhm, der errungne Lohn meiner schönsten Jahre, meine Hoffnungen, meine Tugend, Cyrus, Panthea – welche Opfer! Was hast du mir übrig gelassen, als dies elende nackte Leben, von allem ausgezogen, was es begehrenswürdig macht, das kriechende Dasein eines Wurms, zu ewigem Gefühl der Schande verdammt! – Aber, wen klag ich an? – Unsinniger! Du selbst, du selbst hast dein Verderben beschleuniget! Von Panthea gewarnet, von Arasambes geschreckt, was für eine Entschuldigung bleibt mir übrig? Göttliche Schöne! auf ewig bist du für mich verloren! Nicht mehr wird mein Gesicht von deinem Lächeln wieder glänzen! Nicht mehr wird deine Zauberstimme mein Ohr umsäuseln! Nicht mehr wird uns in vertraulichen Gesprächen der Abendstern behorchen! – Ach! ich besaß ihre Freundschaft, ihr Zutrauen! – Vielleicht hätte sie mich geliebt, wenn die ungestüme Hitze meiner Leidenschaft der zärtlichen Empfindung Zeit gelassen hätte, sich in ihrer schönen Brust zu entwickeln. Vielleicht hätte sie mich geliebt! Vielleicht – entsetzlicher Gedanke, zurück! Aus welchem Paradiese von Hoffnungen und künftiger Wonne hat mich mein lasterhafter Taumel herab gestürzt!

Wo bin ich? – O verhaßte Gegend! ich erkenne dich. Was für Bilder schweben um dich her! – Unter dieser Laube lag ich zu ihren Füßen! Auf diesen zerknickten Blumen rang ich mit ihr! – O hinweg, allzu reizende Erinnerungen! Mischet nicht eure giftige Wollust in meine Qual! Zwinget mich nicht zu wünschen, daß ich noch mehr zu bereuen haben möchte! – Aber indes ich hier irre, naht sich derjenige, dessen Anblick mir furchtbarer ist als der versteinernde Blick der Gorgone. Nein, ich kann, ich will nicht wie ein schamloser Elender vor dem größten der Sterblichen stehen! Ich kann mein Verbrechen nicht vor ihm verbergen. Aber seinem strafenden Aug entfliehen – elender Trost! du bist alles, was mir übrig ist!

Fünfte Abteilung

1
Araspes *allein*

Ich bin noch hier – eine geheime Kraft hält meinen fliehenden Fuß zurück. – O Cyrus! ist es dein Genius, der, stärker als der meinige, mich zurück hält? Oder ist es Panthea? – Ach, welch einen Namen sprichst du aus, Elender! Sie ist verloren! auf ewig verloren! – Und was bleibt mir, wenn sie verloren ist? Wenn auch *Cyrus* mir *vergeben* könnte, die Wiederkehr seiner *Freundschaft* kann ich nicht verdienen! Mein Mut ist dahin; ich habe nichts mehr zu hoffen; ich bin ein entseelter Schatten, dem von der Wirklichkeit nichts als eine traurige Erinnerung des Vergangenen übrig ist. Ich Elender! wie gänzlich hat mich diese Leidenschaft zu Grunde gerichtet!

2
Arasambes. Araspes

Arasambes. Warum verbirgst du dich, Araspes? Cyrus ist gekommen, und du hast ihn noch nicht gesehen? Du scheuest dich vor seinem Blick? Unglücklicher! du hast Ursache dich zu verbergen! Aber es ist vergeblich; deine ganze Schande ist entdeckt. Du selbst hast dich verraten. Was anders als das Bewußtsein irgend einer Übeltat konnte dich zurück halten, ihm entgegen zu eilen? Und, o ihr Götter! welch einer Übeltat konntest du fähig sein! – Ein Wilder, ein Ungeheuer, von baktrischen Tigern erzogen, würde vom Anblick dieser göttlichen Schöne zum Menschen erhöht worden sein. Rede, Unglücklicher! was kannst du zu deiner Entschuldigung anführen? Ihre Schönheit, ihre Unschuld, die Hoheit ihres Standes, ihr Unglück, alles was Panthea ist, vereinigt sich, dein Verbrechen unverzeihlich zu machen. Und was war Araspes! Zu welcher Tugend erzogen! Zu welchen Aussichten berechtigt! Zu welcher beneidenswürdigen Stufe der Hoheit und des Glücks bestimmt! Ein Freund des Cyrus, ein Gefährte seines Heldenzuges, ein Teilnehmer seiner Arbeiten und ihrer glänzenden Belohnungen! Alle diese glorreichen Namen, und den frühzeitigen Ruhm, den du auf der Laufbahn der Tugend schon errungen hattest, hat ein einziger schändlicher Augenblick vernichtet. Fühlest du jetzt, wie furchtbar die Rache der beleidigten Tugend ist? Es ist zu spät. Damals, da ich dich warnte, da ich dir alle diese unseligen Folgen deiner lasterhaften Leidenschaft ankündigte, damals war es Zeit!

Araspes. Unbarmherziger Freund! kommst du nur meiner Erniedrigung zu spotten? Nur *diese* Qual fehlte mir noch, meinen Zustand unerträglich zu machen. Du siehst mich unglücklich, und anstatt mich zu bedauern, rächst du noch deine verachteten Warnungen an mir.

Arasambes. Der leidenden Unschuld gebührt Mitleiden, nicht dem bestraften Laster. Ich ehre den Unglücklichen, den die Hand des Schicksals drückt; seine Tränen machen die meinigen fließen; aber ein Verräter der Sache der Tugend, der sein Unglück selbst gewirkt hat und nur darum wehklagt, weil er nicht ungestraft Böses tun kann, ein solcher verdient mein Mitleiden nicht!

Araspes. Danke dem Himmel, du, der du so sehr auf deine Tugend trotzest, daß er dich aus einem härtern Tone gebildet hat als mich! Mit dem Grade von Empfindlichkeit, mit dem die Natur mich strafte, würdest du in meinen Umständen nicht weiser gewesen sein. Du bist nie auf die Probe gesetzt worden; du kennst die Versuchung nicht, der ich unterlegen bin. Du schmeichelst deiner Weisheit mit dem Gebrechen deiner Nerven, und forderst mehr von der Seele, als sie zu tun vermag. Vielleicht ist es glücklich, so gebaut zu sein wie du; aber es ist keine gerechte Ursache, diejenigen zu verachten, deren Tugend mit allzu reizbaren Fibern und allzu lebhaften Begierden kämpfen muß, und selbst wenn sie endlich der Gewalt der Versuchung nachgeben muß, durch den mutigen Widerstand, den sie tat, schätzbarer ist, als diejenige, die nur darum niemals überwunden wurde, weil sie niemals einen Feind gesehen hat.

Arasambes. Eitle, nichtswürdige Ausflüchte! Schäme dich, deine Verbrechen durch Grundsätze zu entschuldigen, welche zu behaupten ein neues Verbrechen ist; Grundsätze, die das Laster aufmuntern, und dem Tugendhaften mit dem Anspruch an gerechtes Lob zugleich den mächtigsten Antrieb zu schönen Taten, und die süßeste Belohnung derselben rauben. Welche verruchte Tat könnte nicht durch diese spitzfindige Art zu denken von ihrem Täter abgewälzt, und der Natur oder ihrem weisen Urheber aufgebürdet werden? Aber es bedarf keiner Widerlegung: dein eigenes inneres Gefühl, das durch diese Spiele des gaukelnden Witzes nicht gestillt werden kann, antwortet dir für mich. Warum würdest du *dich selbst anklagen*, warum würdest du *fliehen*, warum würdest du die Augen eines *Cyrus* scheuen, wenn du dir nicht bewußt wärest, daß du schuldig bist? Komm, wenn du es wagen darfst, zeige dich dem Cyrus! Versuch es, deine schnöde Rechtfertigung seinem prüfenden Ohr auszusetzen; er soll den Ausspruch tun!

Araspes. Ich Unglücklicher! warum zaudre ich noch, einem zu Schande und Qual verdammten Leben ein Ende zu machen? – Ich hatte einen Freund. Wie oft dachte ich, wenn mich die Unbeständigkeit der menschlichen Dinge vor der Zukunft beben machte; wenn ich den Glücklichen ächzen hörte und Könige in Fesseln sah: dann dachte ich, was auch mein Verhängnis sein mag, ich habe einen Freund, ich kann niemals ganz unglücklich sein! Wenn mich alles verlassen hätte, so wird *er* mir übrig bleiben, mitleidige Tränen in die Tränen meines Kummers zu mischen, und meinen sinkenden Mut durch den Gedanken aufzurichten, daß noch ein Rechtschaffener übrig ist, der mich liebt! – *Du* warst dieser Freund, Arasambes – er ist verloren! Er sieht mich in einem Zustande, der den Haß eines Todfeindes versöhnen würde, und ist fähig meiner zu spotten! – Wenn *Arasambes* mich bis zu diesem äußersten Grade verachtet, was kann ich von *Cyrus* hoffen? – Er war auch mein Freund; aber er war zugleich mein Fürst, mein Befehlshaber und mein Richter – Was für ein Geräusch? Welche Stimme schreckt mein Ohr! – Er ist es! Er ist es selbst! Es ist Cyrus! Ich kann ihm nicht entfliehen – er sucht mich – o daß der Grund unter mir im schrecklichsten Erdbeben bis zu den finstern Grüften der Hölle sich öffnete, mich vor seinem Anblick zu verbergen!

Arasambes. Erinnere dich an das, was eine Panthea von dir leiden mußte, und unterwirf dich den Folgen deiner Niederträchtigkeit!

3
Cyrus. Araspes

Cyrus. Du fliehst mich, Araspes? Deine Blicke weichen den meinigen aus? Womit habe ich das Zutrauen meines Freundes verloren?

Araspes. O Cyrus! du kannst mich nicht so sehr verachten, als ich mich selbst verabscheue. Wie soll ich, mit Scham und Unehre belastet wie ich's bin, die Blicke des Größten unter den Menschen aushalten?

Cyrus. Siehe mich an, Araspes! Sagen dir meine Augen etwas andres, als daß ich dich liebe? Du hast keine Verweise zu befürchten. Wenn einer von uns zu tadeln ist, so bin ich's. Ich kannte die Gewalt der Schönheit, wenn sie durch die Reize einer vollkommnen Seele unwiderstehlich gemacht wird. Wie sehr bereue ich jetzt, daß ich, wiewohl in unschuldiger Absicht, dein Peiniger gewesen bin! Denn ich schließe von dem, wozu die Gewalt der Leidenschaft dich getrieben, auf das was du gelitten hast. Eine Seele, wie die deinige, konnte nur von einem langen schmerzhaften Kampf entkräftet unterliegen.

Araspes. O bester der Menschen, wie sehr beschämt mich deine Großmut! Das Bewußtsein meiner Schuld weissagte mir einen ganz andern Auftritt, wenn ich dich sehen würde. Ach! wenn's möglich gewesen wäre, ich hätte mich in die Eingeweide der Erde verborgen, deinem Anblick zu entrinnen. Es ist entsetzlich, mit der schamroten Wange des Verbrechens vor die Augen der unbefleckten Tugend zu treten.

Cyrus. Und wie, wenn ich diese Tugend, die du so unnötig gefürchtet hast, bloß der *Flucht* zu danken hätte? – So ist es, Araspes! An *deinem* Platze, wie *du* dem täglichen Anschauen der schönen Panthea ausgesetzt, würde ich das gleiche gelitten haben. Deine Erfahrung lehrt dich jetzt, daß ich Ursache hatte, die schöne Gefahr zu meiden. Alles was dir begegnet ist, war die natürliche Folge der Wirkungen der Schönheit und Liebe. Ehmals kanntest du die Liebe nur als eine *Tugend*, nicht als eine *Leidenschaft*. Die Erfahrung allein konnte dich überzeugen, daß dieser angenehmste und mächtigste von unsern Trieben nicht allezeit in unserer Gewalt bleibe. Ich setzte dich der Probe aus; aber ich zittre, wenn ich denke, daß der allzu teure Versuch mir den liebenswürdigsten meiner Freunde hätte kosten können. Ich hätte alles, was geschehen ist, vorher sehen sollen. Ich hätte es wissen sollen, daß die Verrichtung, die ich dir auftrug, über die Kräfte eines Sterblichen war. Ich allein bin zu tadeln; du verdienest Mitleiden. Erst alsdann würdest du strafbar sein, wenn du, nachdem du erfahren hast was die Liebe vermag, dich zum zweiten Mal in den Fall setztest überwunden zu werden.

Araspes. Hierin, wie in jeder andern Handlung deines Lebens, o Cyrus, zeigest du diese erhabene Güte, die dich in den Augen aller, die dich kennen, den höhern Wesen ähnlich macht. Du kannst Nachsicht gegen die Schwäche der gebrechlichen Menschheit haben. Du vergibst mir – was ich mir selbst nie vergeben werde. Aber in den Augen aller übrigen Menschen bin ich nichts desto weniger auf ewig entehrt. Meine Freunde machen mir Vorwürfe, meine Feinde frohlocken über meinen Fall. Alle sehen mich als einen Elenden an, der die Gesellschaft der Helden schändet, die mit Cyrus ausgezogen sind, ein Werk zu vollenden, das nur von den Edelsten des Menschengeschlechts ausgeführt zu werden würdig ist. Eine immer währende Verbannung aus deiner Gegenwart ist die unvermeidliche Strafe, die ich mir zugezogen habe.

Cyrus. Denke nicht an eine Verbannung auf *immer*. Da ich der Urheber aller der Übel bin, die du von der Liebe gelitten hast, so gebührt es auch *mir*, ihren Folgen zuvorzukommen, und dich wieder in deinen ehmaligen Zustand zu setzen. Ich will solche Anstalten machen, daß du, nach einer kurzen Entfernung, mit allem dem Beifall, mit allem dem Glanze zurück kommen sollst, dessen deine frühzeitige Tugend gewohnt ist. Selbst diejenigen, die jetzt deine Feinde sind, sollen gewonnen werden, wenn sie sehen, was für einen wichtigen Dienst du ihnen und mir geleistet haben wirst. Ich bedarf zu einer geheimen Verrichtung, von welcher der ganze Erfolg unserer Unternehmungen abhängt, eines Jünglings, der mit allen einnehmenden Eigenschaften den geschmeidigsten Geist und den entschlossensten Mut verbinde. Auf welchen Würdigern könnte ich meine Augen werfen, als auf meinen Araspes?

Araspes. Gleich einer gegenwärtigen Gottheit hauchest du neues Leben in meine Seele, die in mutloser Entnervung aller ihrer Kräfte zu einem ewigen Tode eingeschlummert war. O sage, du der allein verdient alle Zonen der Erde zu beherrschen, sage, was kann ich tun, das der Güte würdig sei die du mir beweisest? Wem anders als dir sollte ich die Erstlinge des erneuerten Daseins aufopfern, das du mir geschenkt hast? Es gibt keine Gefahr, die mich erschrecken, kein

Hindernis, das meinem Mut unübersteiglich sein kann, wenn Cyrus mich seines Zutrauens würdiget.

Cyrus. Der König von Babylon ist gedemütigt. Aber wir haben noch einen weit furchtbarern Gegner vor uns, den König von Lydien, der uns, an der Spitze der gesamten Kräfte des kleinern Asiens, die Blüte des heroischen Griechenlandes entgegen stellen wird. Ich bin im Begriff, mich durch die Cilicischen Pforten seinen Grenzen zu nähern. Aber eh ich tiefer in Provinzen, die uns nicht bekannt genug sind, einzudringen suche, ist es unumgänglich nötig, daß ich durch einen Kundschafter, auf dessen Tüchtigkeit und Treue ich mich verlassen kann, sowohl die Stärke und Schwäche als die geheimen Anschläge und Veranstaltungen unsrer Feinde ausspähe. Es ist nicht genug, daß derjenige, den ich zu diesem wichtigen Geschäft gebrauche, mit allen den Gaben der Natur und mit allen den Künsten versehen sei, die dazu erfordert werden; er muß auch einen *Namen* führen, der ihm Ansehen gebe; er muß sich stellen, als ob er zu unsern Feinden übergehe, damit sie ihm Gelegenheit geben, sie auszukundschaften; und er muß uns unter solchen Umständen verlassen, die seiner Verstellung den Schein der Wahrheit geben, und die Lydier überreden, daß ihn ein unversöhnlicher Haß gegen uns zu ihrem Freunde mache, und daß ihr Untergang der seinige sein würde. Alle diese Erfordernisse finden sich durch einen glücklichen Zufall bei dir zusammen. Deine Begebenheit mit der schönen Königin von Susiane ist, ich weiß nicht wie, so ruchbar geworden, daß sie in kurzem dem ganzen Heere bekannt sein wird. Dieser Zufall, der in andern Umständen deinem Ruhme schädlich gewesen wäre, wird ihm durch den Gebrauch, den ich davon machen will, und durch den Erfolg deiner Unternehmung einen neuen Glanz verschaffen. Man wird es natürlich finden, wenn du zu unsern Gegnern übergehest; deine Flucht wird einer Furcht vor der Strafe beigemessen werden; sie wird die Unsrigen eben so wohl als die Feinde betrügen, und unser Geheimnis wird desto sicherer sein. Scheue dich nicht, Araspes, in den Augen deiner Freunde für eine kurze Zeit ein Verräter zu scheinen. – Deine Zurückkunft, die Entdeckung des Geheimnisses, und der glückliche Ausgang wird nicht nur den täuschenden Nebel von deiner Ehre wischen, sondern dich dem ganzen Heer in einem Lichte darstellen, welches das Andenken deines ehmaligen Fehlers in jeder Seele auslöschen wird. Dies ist der Vorschlag, den ich dir zu tun gekommen bin. Frage nun dein Herz, ob es willig ist, so viel für die Beförderung unserer Sache zu wagen.

Araspes. Ehmals, da ich es wagen durfte, mich den Freund des Cyrus zu nennen, schien mir keine Unternehmung schwer, die ein geringerer als ein Gott verrichten konnte. Jetzt da deine großmütige Güte das niederschlagende Gefühl meiner Schmach aus meiner Seele vertrieben hat, fühle ich meine ganze Stärke wieder. Du hättest aus vielen wählen können, die mich an den Vorzügen übertreffen, die nur die Natur geben kann; aber es ist keiner, der mir an Mut und Treue und Eifer für deine Sache, welche die allgemeine Sache der Völker ist, überlegen sein könnte. Mein Herz schwillt von dem Gedanken auf, daß du mich, ungeachtet des Falls meiner Tugend, nicht unwürdig hältst, an dem glorwürdigen Werke zu arbeiten, wozu der Himmel dich gerufen hat. Dieser mächtige Beweggrund, unterstützt vom Verlangen mich deines Zutrauens wieder würdig zu machen, und einen Flecken von meinem Namen abzuwischen, der nur durch eine lange Reihe rühmlicher Bestrebungen ausgelöscht werden kann, wird meine Kräfte verdoppeln. Laß mich eilen, o Cyrus, ein Vorhaben auszuführen, von dem bereits meine ganze Seele voll ist.

Cyrus. Ich erkenne dich wieder, mein Freund; und dieser edle Eifer, der in deinen Augen glüht, wurde dir meine ganze Zuneigung wieder gegeben haben, wenn es möglich gewesen wäre, daß du sie durch einen Anfall von fieberischer Leidenschaft hättest verlieren können. – Aber denke zurück, Araspes – kannst du dich so leicht entschließen, die reizende Panthea zu verlassen?

Araspes. Ach Cyrus! was für einen Namen hast du ausgesprochen! Vergib meiner Verwirrung! – O wie verachte ich mich selbst in diesem Augenblicke!

Cyrus. Die Wunde ist noch zu frisch, als daß sie schon geheilt sein könnte; die Luft, die um Panthea fließt, ist dir gefährlich. Du siehest jetzt einen neuen Vorteil der Entfernung, die ich dir vorschlage.

Araspes. Entschuldige, mein Fürst, diese Tränen, die unwillig meine schamroten Wangen decken! – Auch in diesem Augenblick erfahre ich die Wahrheit, daß ich *zwei* ganz *verschiedene Seelen* in mir habe. Denn es ist unmöglich zu glauben, daß, wenn ich nur Eine Seele hätte, sie zu gleicher Zeit gut und schlimm, zugleich für so widersprechende Dinge als Tugend und Laster, eingenommen sein könnte. Nein! es müssen notwendig zwei sein. Wenn die *gute* die Oberhand hat, dann handeln wir edel; wenn die *böse*, niederträchtig und schändlich. Die Erfahrung hat mich diese Wahrheit auf Unkosten meiner Ruhe und meiner Ehre gelehrt. Ach! vor kurzem war die böse Seele gänzlich Meister. Jetzt schwingt sich, von deinem Beistand erweckt, die *gute* wieder empor, und kämpft mit ihrer Feindin in meiner Brust! Ohne die Obermacht deines stärkern Genius würde sie den Sieg kaum behauptet haben. Aber ich fühle den Einfluß deiner Gegenwart, o Cyrus! Die schändliche Seele weicht; – umsonst sträubt sie sich – sie taumelt mit gelähmten Flügeln zu Boden – die bessere Seele hat gesiegt! Ich eile, ohne zurück zu sehen, wohin *Cyrus* und die *Tugend* mich rufen!

Über tredition

Eigenes Buch veröffentlichen

tredition wurde 2006 in Hamburg gegründet und hat seither mehrere tausend Buchtitel veröffentlicht. Autoren veröffentlichen in wenigen leichten Schritten gedruckte Bücher, e-Books und audio-Books. tredition hat das Ziel, die beste und fairste Veröffentlichungsmöglichkeit für Autoren zu bieten.

tredition wurde mit der Erkenntnis gegründet, dass nur etwa jedes 200. bei Verlagen eingereichte Manuskript veröffentlicht wird. Dabei hat jedes Buch seinen Markt, also seine Leser. tredition sorgt dafür, dass für jedes Buch die Leserschaft auch erreicht wird.

Im einzigartigen Literatur-Netzwerk von tredition bieten zahlreiche Literatur-Partner (das sind Lektoren, Übersetzer, Hörbuchsprecher und Illustratoren) ihre Dienstleistung an, um Manuskripte zu verbessern oder die Vielfalt zu erhöhen. Autoren vereinbaren direkt mit den Literatur-Partnern die Konditionen ihrer Zusammenarbeit und partizipieren gemeinsam am Erfolg des Buches.

Das gesamte Verlagsprogramm von tredition ist bei allen stationären Buchhandlungen und Online-Buchhändlern wie z. B. Amazon erhältlich. e-Books stehen bei den führenden Online-Portalen (z. B. iBookstore von Apple oder Kindle von Amazon) zum Verkauf.

Einfach leicht ein Buch veröffentlichen: **www.tredition.de**

Eigene Buchreihe oder eigenen Verlag gründen

Seit 2009 bietet tredition sein Verlagskonzept auch als sogenanntes "White-Label" an. Das bedeutet, dass andere Unternehmen, Institutionen und Personen risikofrei und unkompliziert selbst zum Herausgeber von Büchern und Buchreihen unter eigener Marke werden können. tredition übernimmt dabei das komplette Herstellungs- und Distributionsrisiko.

Zahlreiche Zeitschriften-, Zeitungs- und Buchverlage, Universitäten, Forschungseinrichtungen u.v.m. nutzen diese Dienstleistung von tredition, um unter eigener Marke ohne Risiko Bücher zu verlegen.

Alle Informationen im Internet: **www.tredition.de/fuer-verlage**

tredition wurde mit mehreren Innovationspreisen ausgezeichnet, u. a. mit dem Webfuture Award und dem Innovationspreis der Buch Digitale.

tredition ist Mitglied im Börsenverein des Deutschen Buchhandels.

Dieses Werk elektronisch lesen

Dieses Werk ist Teil der Gutenberg-DE Edition DVD. Diese enthält das komplette Archiv des Projekt Gutenberg-DE. Die DVD ist im Internet erhältlich auf **http://gutenbergshop.abc.de**